俺の妹がこんなに可愛いわけがない ⑯

黒猫if 下

Tsukasa Fushimi

伏見つかさ

Illustration◆かんざきひろ

■ore no imouto ga
konnani kawaii
wake ga nai ⑯

contents

デザイン●伸童舎

俺の妹がこんなに可愛いわけがない 16

黒猫if 下

伏見つかさ
Tsukasa Fushimi
Illustration・かんざきひろ

ちらりと黒猫《くろねこ》に『どういうこと？』とアイコンタクトを投げると、彼女は真っ赤になってうつむいてしまう。

回答は得られない。可愛《かわい》いなあという感想しかない。

そこで、俺の視界を塞ぐように瀬菜《せな》が割り込んできて、面白そうに言う。

「ムフフ、部活を始める前に、『みんなが超気になってること』をハッキリさせたいなーって。そーいうわけで、瑠璃《るり》ちゃんを囲んで色々聞こうとしてたところなんですよー。ズバリ高坂《こうさか》せんぱいに聞きますけど——」

「お二人は、付き合うことになったんですよねっ？」

「——————え」

不意を突かれたものだから、間抜けな声が出てしまった。

俺は、思いっきり挙動不審な態度で、

「いや……その……瀬菜《せな》……？　おまえ……なんで、そんな、ことを聞く？」

「えー？」

瀬菜《せな》は、なんで分からないんですか？　とばかりに、

「その質問、今更すぎません～？　元々二人の関係は怪しかったですしぃー、合宿中、あたし

たちって、頑張って二人をくっつけてあげよーって、色々してたじゃないですかー」

あー……まー……そーね。

新幹線で隣の席にしてくれたり、露天風呂《ろてんぶろ》で二人きりになるよう仕組んでくれたり。

向こうでも二人で行動できるよう計らってくれたり。

俺の頼みを聞く形で、肝試しのイカサマクジを作ってくれたり。

みんな、色々やってくれたっけな。

ん……イカサマクジって、誰の発案だったっけ？　瀬菜《せな》じゃなかったような……？

……まあ、いいや。いやよくないが……まぁ、いい、のか？

ともあれ、だ。

俺と黒猫《くろねこ》が、『お互いのことを気になっている』のは、ゲー研の連中にはバレバレだったってわけだ。だけど、それだけじゃ『付き合うことになった』と決めつけるのは早くないか？

瀬菜《せな》よ、その辺どーなの？

「いやいや、お祭りの後から、二人とも明らかに様子がおかしかったじゃないですか。ずっとボーッとしてるし、かと思えば、目を合わせて恥ずかしがったり、ふわふわーって二人の世界に入っていったり。──アッ、こりゃあ『お祭りで告白したんだな！』『付き合うことになったんだな！』って誰でも思いますよ」

「あ……」

を創ろう——そんな心意気が感じられる。

黒猫《くろねこ》や部員たちが、制作に専心する中、俺はといえば、合宿中にみんなで集めた資料を整理していた。背景候補を並べたり、調べた伝承を写真付きのレポートにしたり、会議で出たアイデアをまとめたり、そういったことだ。

俺にできることは、あまり多くない。

それも数日中に手空きになるだろうから、そうしたら、受験勉強の道具を持ち込ませてもらうかね。

「…………」

なるべく、黒猫《くろねこ》のそばにいたかった。

付き合ったばかりなんだから、ゲーム制作よりもデートを優先して欲しい——なんて言うつもりは、これっぽっちもなかった。

黒猫《くろねこ》も、俺に、制作に付き合わせてごめんなさい——なんて謝罪は、いっさい言わなかった。

恋人と一緒に、ゲームを創る。

デートと同じくらい……いや、俺たちにとってはそれ以上に、大切なことだから。

楽しいことだから。

そんなふうに、無言のうちに、価値観を共有できていることが、嬉《うれ》しく思えた。

そうして……。

夕方になって、部活は解散となる。

いまは俺たちだけが、部室に残っていた。

ふわりとカーテンが風でゆらめき、オレンジ色の夕陽《ゆうひ》が、室内を照らしている。

「さぁ、先輩――」

黄昏《たそがれ》を背にした黒猫《くろねこ》が、誘《いざな》うように言った。

「これより我が〝理想郷計画《アルカディア・プラン》〟を伝えるわ」

「おう」

なんだそりゃ？　とは、言わない。

ちゃんと分かっているぜ。なにせ、俺の彼女のことだからな。

「『夏休みの計画』を練ろうってんだろう？」

「そうとも言うわ」

自作の造語《アルカディア・プラン》が伝わっていたからか、黒猫《くろねこ》は上機嫌だ。

よし！　一週間の旅を経て、俺の中二病言語翻訳スキルも、だいぶレベルアップしたな。

黒猫《くろねこ》は、依然として自己陶酔するような仕草と口調で、

「まず……先輩に、謝らねばならないことがあるの。そう、昨夜《さくや》のことよ……私は、この紅《あか》き邪眼《じゃがん》によって運命を見通し、魔導書《まどうしょ》に記述していたのだけど……」

おっと、難解な暗号がきやがったな。

彼女は、こう続ける。
「ゲームシナリオの執筆に熱中するあまり、一ページしか完成させることができなかったのよ
――」
「〝運命の記述《デスティニー・レコード》〟を、ね」

「日本語で頼む」

すまん、価値観共有しきれてなかったわ。

「……この世界の言葉でいうなら……フッ、そうね、少しだけ先の未来にて、恋人たちを待ち受ける運命を記述した預言書……といったところかしら？　そして、私の崇高なる〝願い《アルカディア》〟を実現させるために行われる〝儀式《セレモニー》〟を段階的に示したものでもあるの」

めんどくせえ女だな――じゃなくて、俺の翻訳レベルが足りなくて、なに言ってるかさっぱり分からん。

だが、諦めるのは早い。俺はこいつの彼氏なんだ。

いっちょ頑張って翻訳してみようじゃないか。

「ええっと……『ふたりでやりたいことリスト』を作っていた――とか、そんな感じ？」

「〝願い《アルカディア》〟を実現させるために行われる〝儀式《セレモニー》〟を段階的に示したもの、よ」

中二病の人って、要約されるの嫌いですよね。

おっ、でもさ、この反応ってことは……俺の翻訳、いいセンいってたらしいな。

自分でも驚きだ。いつの間に、こんな真似《まね》ができるようになっていたのか。

ううむ…………中二『病』というだけあって、人から人へと感染するものなのかもしれん。

それで愛《いと》しい彼女の言葉が理解できるようになるってんなら、どれだけ中二病に浸食されようが大歓迎だけどよ。

「それで、ええと……〝運命の記述《デスティニー・レコード》〟は、まだ完成してない。だから『やりたいことリスト』抜きで、これから夏休みの計画――」

「〝理想郷計画《アルカディア・プラン》〟」

「――〝理想郷計画《アルカディア・プラン》〟を立てる、と」

「そうなるわね。……だから……ごめんなさい、先輩」

黒猫《くろねこ》は、今日初めて、しゅんとした態度を見せた。

「なんで謝るんだ？」

「ゲーム制作を優先して……あなたを蔑《ないがし》ろにしてしまったから」

「ばっか、そんなの謝ることないぜ。俺も、おまえとゲームを作れて楽しいんだから。おまえが夢中で制作するの、嬉《うれ》しいんだから。……伝わってると思ってたんだがな」

やや照れて言うと、黒猫《くろねこ》は俺の数倍、照れた様子を見せる。

あくまで俺の感覚だが、最近のアキバには、こういったお洒落《しゃれ》な店が増えつつある。

オタクっぽさを出しまくっている沙織《さおり》と黒猫《くろねこ》が、やや浮いている気がするのだが、当人たちはまったく気にしていない様子。

俺は黒猫《くろねこ》と並んで座り、沙織《さおり》と正対する形。

軽食を摂《と》った後で、俺は沙織《さおり》に、紙袋を差し出した。

「これ、合宿のお土産な」

「おお！　これはご丁寧に！　ホホウ、犬槙《いぬまき》まんじゅう……素晴らしい、拙者の好物なのです！　ありがたくいただくでござる、京介《きょうすけ》氏、黒猫《くろねこ》氏！」

「つふ……どういたしまして」

「『犬槙島《いぬまきじま》』っつってな、瀬戸内海にある島なんだ」

「存じております。拙者にも、少々縁のある島ですから」

「へえ、そうなのか。親戚が住んでるとかか？」

「そんなところでござる」

曖昧な返事をする沙織《さおり》。

この時点での俺は、沙織《さおり》の素性についてなにも知らなかったので、スルーしてしまったが
――彼女の『名字』や『家』を鑑《かんが》みると、もっと深い意味があったのかもしれない。

「前にも説明したかもしれないけれど……ゲーム研究会の合宿で、新作ノベルゲームの取材を

するために行ったのよ」

「黒猫氏《くろねこ》がシナリオを担当するという話でしたな。取材はいかがでしたか？」

「かなりの成果があったわ。先輩、写真を持ってきているのでしょう？」

「あいよ」

俺はテーブルの前に、合宿で撮影した写真を広げてみせる。

フェリーから見た犬槇島《いぬまきじま》。宿へと向かう坂道。坂から見下ろす夕焼けの海原。

緑溢《あふ》れる真昼の山道。長い石段の先にある、鳥居――。

旅の思い出を噛《か》みしめながら、眺める。

遠い目をしていた黒猫《くろねこ》が、目をつむり、開ける。それから改めて、沙織《さおり》を見据えて言う。

「創作意欲が刺激される伝承があって――打ち合わせも捗《はかど》って、順調に進行しているわ」

「それはなによりでござる。……ふふ、充実しているようですな、黒猫氏《くろねこ》」

「ええ――……そう思うわ」

合宿で、新たな友情を築いてきた黒猫《くろねこ》だったが。

親友といえば、やはり沙織《さおり》なのだろう。彼女がこんなに肩の力を抜いて、楽に話せる相手は、他にいない。俺も含めてだ。……ちっとばかり、嫉妬しちまうぜ。

いや……あとひとり、いたっけな。

ふん、あの野郎……今頃なにしていやがんだか。

あー、やめやめ。シャクだから、あいつのことなんざ、思い出してやんねー。

それから黒猫《くろねこ》は、合宿であった出来事を、沙織《さおり》に語って聞かせていた。

一区切りしたところで、

「それで黒猫《くろねこ》氏、新作ゲームは、どんなシナリオになるのです？」

「ちょうどよかった。あなたにも意見を聞きたいの。資料を見てもらえるかしら」

黒猫《くろねこ》が、バッグから紙束を取り出し、沙織《さおり》に差し出した。

沙織《さおり》はそれを受け取って、指で眼鏡をくいっと押し上げる。

「ふむ、拝見しましょう」

インテリ編集者みてーな雰囲気出しやがって。

黒猫《くろねこ》が渡したのは、ノベルゲームのストーリー概要や、キャラクター設定などが記された資料なのだが、

「おや？」

読み始めた沙織《さおり》が、意外そうな声を発した。

「黒猫《くろねこ》氏、このヒロインの名前――」

「『槙島悠《まきしまはるか》』よ。それがどうかしたのかしら？」

「ふむぅ……この美少女は、もしや拙者がモデルでは？」

おっ、なんか調子こきはじめたな。

俺と同じことを思ったのだろう、黒猫《くろねこ》がゲンナリと言う。

「は？　そんなわけないでしょう。萎えることを言わないでくれるかしら」

「言い方きつすぎではござらぬ？」

「友達が急に、『このキャラのモデルは自分か？』なんて聞いてきたら、気持ち悪いでしょう？」

「そ、そこまで言わずともいいではありませぬか！　き、聞いてくだされお二人とも！　拙者、そう思っちゃうだけの理由があったのでござるよぉ！」

「理由？」

「『槇島《まきしま》』という名字でござる！　拙者の本名『槇島沙織《まきしまさおり》』なのですよ！」

「へえ！」

驚きの告白だった。

「『槇島沙織《まきしまさおり》』……それがあなたの真名《まな》……」

黒猫《くろねこ》も、演技《ロールプレイ》っぽく驚愕《きょうがく》の表情を浮かべている。

それを見た沙織《さおり》が、

「あ、やっぱり知らなかったでござるか」

「知っているわけないでしょう。教えてもらっていないのに」

「それは、その……ハンドルネームで事足りておりましたし……教えるタイミングがなかったものでｌ」

まあね。俺も沙織《さおり》は、沙織《さおり》・バジーナとだけ認識していたし、それで十分だった。

いま気付いたよ。そういや沙織《さおり》にも、本名ってあったんだなって。

「いや～、失敬失敬。『黒猫《くろねこ》氏ったらいつの間に拙者の本名を知って、美少女ヒロインのモデルにしたのでござろう！』な～んて……思っちゃったのでござるよ」

恥ずかしさをごまかすように、ハンカチで汗をぬぐう沙織《さおり》。

黒猫《くろねこ》は、「事情を聞いたいまなら、少しは納得できるわね」と、頷《うなず》いている。

俺は、大きく息を吐いて、

「しかし……槇島悠《まきしまはるか》に……槇島沙織《まきしまさおり》、か。すげえ偶然もあったもんだな」

「完全な偶然ではないかもしれないわよ」

「っつーと？」

「沙織《さおり》の親戚が、島にいるのでしょう？　私は、島の名前からヒロインの名字を考えついたのだから……」

「あ、そうか」

よく考えてみれば、そう不思議な話じゃなかったわ。

やっぱり、奇妙な縁ではあるけどな。

そんな俺たちのやり取りを眺めながら、沙織《さおり》は微妙な表情で頬をかいていたが、やがて話を変えるように言う。

「そういえば、黒猫《くろねこ》氏、京介《きようすけ》氏。拙者、ぜひともお伺いしたいことがあるのですよ」

「あら、なにかしら？」

沙織《さおり》は、むふふ、と、からかうように笑って、

「今日は、いつにも増して仲睦《むつ》まじいご様子。さては旅行先で、お二人の関係に、進展があったのでは──と」

「「…………………………」」

図星を衝《つ》かれた俺たちは、二人揃《そろ》って沈黙し、両目をぱちぱちと開閉する。

それから顔を見合わせて、

「……ど、どうするの？　……い、言う？」

「……そりゃあ……元々、そのつもりだったわけだし……」

「でも、段取りが……沙織《さおり》から切り出してくるなんて……想定外よ……」

「……アドリブに弱すぎだろおまえ……」

「だ、だって……」

小声でやり取りを交わす俺たちを見た沙織《さおり》が、段々とおろおろし始める。

「え？　あ、あの……？　黒猫《くろねこ》氏？　京介《きようすけ》氏？　拙者、いまのは冗談で言ったのでござるが
…………も、もしや……本当に？」

「ああ、俺たち、付き合うことになったんだ」

結局俺が言った。

本当は、黒猫《くろねこ》が自分で考えた台詞《せりふ》で、さっそうと報告するはずだったんだけどな。

果たして、俺たちの交際報告を聞いた沙織《さおり》は、ぽかんと大口を開けてフリーズし、たっぷり十秒ほども経《た》ってから、

「本当ですか？　本当に——お二人が、男女交際を？」

「おう、本当だ。おまえには、嘘《うそ》吐かねえよ」

「…………………………驚きましたわ」

急になんだよその口調？　異様にしっくり来てて、ツッコミにくいんだが？

沙織《さおり》は、マジマジと俺たち二人を眺めている。

「前々から、いずれそうなるかも……とは、思っておりましたけれど……あぁ……申し訳ありません。もう少しだけ、わたくしに、心の整理をさせてくださいな」

「それは……いいのだけど」

その口調なに？　黒猫《くろねこ》も超聞きたそうにしていた。

しばし沈黙の時間が続き、やがて沙織《さおり》は、「ごほん！」と咳払《せきばら》いをする。

ふぅ〜〜〜、と、長く息を吐いて、それから、

「おめでとうございます！　京介《きょうすけ》氏、黒猫《くろねこ》氏！　拙者、お二人を祝福いたしますぞ！」

いつもの口調で、そう言ってくれた。

「おう」「……ありがとう」

二人で、照れながらも祝福を受《う》け容《い》れる。

結局、お嬢様口調についてはタイミングを逸してしまった。

沙織《さおり》が、さみしさを含んだ声色になったからだ。

「……そういうことでしたら、しばらくはこの集まりも、控えた方がよろしいでしょう」

「いいえ、私たちに、そのつもりはないわ」

きっぱりと言い切る黒猫《くろねこ》。彼女は俺を、ちらりとも見ない。

『相談などしなくとも、同じ気持ちでしょう』――そう、確信しているようだ。

一方、沙織《さおり》は当惑している。

「しかし、交際を始めたばかりなのでしょう？　毎日でもデートをしたいと思うはずではありませんか？」

「そうね……残りの夏休み、できる限り毎日会うつもりよ」

「では」

「だからこそ、この集まりを減らすつもりはないわ」

「……え？」

「デートというのは、恋人同士で、楽しめる場所に赴くことを言うのよ。……つまり、私にとっては、今日もデートという認識なの。——先輩は、どうかしら？」

「同感だ。俺も、めちゃくちゃ楽しんでるぜ。久々に沙織《さおり》と会えて、嬉《うれ》しかったしな」

「京介《きょうすけ》氏……黒猫《くろねこ》氏……」

「あー……つまり、なんつーか……沙織《さおり》が嫌じゃなければ、今日みたいな集まりは、歓迎なんだ」

「残りの夏休みも……これまでどおり、遊んでくれるかしら？」

二人の想《おも》いを告げると、沙織《さおり》は、

「感激でござる〜〜〜〜〜〜〜〜！　こちらこそ、よろしくお願い致しまする〜〜〜〜！」

わざとらしく泣《な》き真似《まね》をして喜んだ。

本当に泣《な》き真似《まね》だったのか……なんて、無粋なことは言うまい。

彼女はハンカチで眼鏡の奥を拭い、しっかりとかけ直してから、俺たちに向き直る。

「本当は、怖かったんです。……趣味のグループでは、男女交際がきっかけになって、去ってしまったり……関係が気まずくなったり……そういうことも……ありますから」

驚いた……。こんなに弱気そうに喋《しゃべ》る沙織《さおり》は、初めてかもしれない。

「きりりん氏がいなくなって……お二人とまで疎遠になったらどうしようって……」

「そんなわけないだろ」

なぁ、そうだろう？　黒猫《くろねこ》も言ってやれ。

アイコンタクトを投げると、俺の彼女は「莫迦《ばか》ね」と、沙織《さおり》に優しく微笑《ほほえ》んで、

「あなたと疎遠になるくらいなら、先輩と別れるわ」

「俺より沙織《さおり》が上なのかよ⁉」

「当たり前でしょう――……って、泣くことないじゃない」

「な、泣いてねえし！」

「はいはい、先輩のことも大切よ。沙織《さおり》と同じくらい」

「雑！　彼氏への対応が雑！」

そんな恋人同士の掛け合いを見せつけられた沙織《さおり》は、

「……本当にバカですな、拙者は」

とても嬉《うれ》しそうにしていたよ。


その後――ちょっとしたやり取りがあってから、解散となった。

俺は、黒猫《くろねこ》と一緒に電車に乗って、地元の駅で別れた。

それから家には直接帰らず、田村《たむら》屋へと寄る。

黒猫《くろねこ》が沙織《さおり》に対してそうしたように、俺にも、恋人ができたことを報告したい人がいた。

家の前で、電話を掛けて、彼女を呼び出す。

そのまま校舎をくるりと回るように歩き、やがて桜の木陰で立ち止まった。

「さて……眷属《けんぞく》よ。〝例のもの〟……書いてきたのでしょうね？」

「もちろんだ」

神猫《かみねこ》さんの、片足を上げた変なポーズには、もうツッコまないことにする。

俺たちは、それぞれ家で書いてきた〝運命の記述《デスティニー・レコード》〟を相手に渡す。

一枚のルーズリーフだ。

「おまえも書いてきてくれたんだな」

「当然でしょう。たとえ、か——彼氏が相手だとしても……クリエイターとして不戦敗など有り得ないわ」

彼氏、で、つっかえたな。

超分かる。俺も恋人のことを『彼女』って言おうとすると、そうなるもの。

俺は、神猫《かみねこ》の狼狽《ろうばい》に気付かぬふりをして、

「別に『どんな内容を書いてくるか』の勝負じゃねーんだけど……」

愛する彼女の書いてきた記述に目を落とす。

「どれどれ……——ウッ」

フリーズした。

神猫《かみねこ》が書いてきた内容が、俺の予想を遙《はる》かに超えるものだったからだ。

「お、おまえ……これ……」
一言でいうと――

黒い。


ページが、超黒い！

白紙部分の方が少ないほど、細かい字で、隙間なく書き込まれている。

恋人同士の儀式……甘酸《あまず》っぱいおまじない……そのはずなのに。

……呪詛《じゅそ》めいた〝闇〟を感じるぞ。

「……クッ！」

目をそらしたくなる圧だったが、それでは彼氏失格だ……！

「うおお……ッ！」

俺は、歯を食いしばって、書かれている内容を解読にかかる。


――先輩に、私のことを好きって言ってもらう。

――恋人同士、名前で呼び合う。

あれっ？　か、可愛《かわい》いこと書いてあるじゃないか……ッ！

うわわ、パッと見、呪いの書なのに……コレは意外ッ！

「……な、なぁ」

「なっ、なにかしらっ？」

俺は、一旦〝運命の記述《デスティニー・レコード》〟から顔を上げ、ガチガチになっている彼女に向けて——

「……好きだぞ、瑠璃《るり》」


「…………………ふぇ！」

神猫《かみねこ》が一気に真っ赤になった。きっと俺も、同じようになっているだろう。

恋人同士、名前で呼び合う。

それだけでも超照れくさいってのに、愛の告白まで一緒にやったんだ。

高坂京介《こうさかきょうすけ》にとっては、高すぎるハードルだった。

しかしどうやら、黒猫《くろねこ》にとっても同じだったらしい。

「きゅ、急になにを言うの……っ」

神猫《かみねこ》は、ふにゃふにゃとその場にしゃがみ込んで、顔を覆ってしまった。

「いやおまえのリクエストだろ！」

「そ、それはそうだけれど……心の準備というものがあるのよっ。もっと段取りとか……色々
……あなたは私を、殺すつもり？」

顔を覆った指の隙間から、じろりと睨《にら》まれる。

俺は、大いに怯《ひる》み、情けない声を出してしまう。

「次！　次は気をつけるから！」

「ま、まだ追撃を……？」

追撃って！

「だっておまえ、量多いよコレ！　どんどんやってかないと今日中に消化しきれないだろ！」

「……私の〝願い《アルカディア》〟をノルマのように言うのはやめてくれるかしら」

ゆらりとホラー映画のように立ち上がる神猫《かみねこ》。

……うわ、怒ってるっぽい！

くそっ！　彼女と楽しい思い出を作るための〝運命の記述《デスティニー・レコード》〟だったはずなのに……！

なんで険悪っぽい雰囲気になってるんだよ！　ぐあー、ままならねえ……！

むっと下唇を押し上げた神猫《かみねこ》は、ビシリとアスファルトの地面を指さして、

「叱ってあげるから、跪《ひざまず》きなさい京介《きょうすけ》」

「熱されたアスファルトで彼氏を焼くつもりかよ！　――――って」

ツッコミの途中で、ふと気付く。

「おまえ……いま……俺の……名前……」

「……私はこう記したのよ。……名前で呼び合う、と」

怒り顔をふわりと緩めて、

「これで、達成ね」

……………………………………………………ったく。

こんなお姫様にならいくらでも跪《ひざまず》いてやるぜ。

——恋人同士、名前で呼び合う。

二人の世界に入った俺たちを、通行人が不審な目で眺めていた。

中二病カップルによる奇行に一区切りがつき、正気を取り戻した俺たちは、そそくさと場所を移動した。向かった先は公園だ。

ここならば人気もないし、お互いの〝願い〟を叶《かな》え合う場としては、適している。

「さ、さて……続きをしましょう……先輩」

「ん？　名前で呼び合うのはもう終わりか、瑠璃《るり》？」

「……思ったより恥ずかしいから、少しずつ慣らしていきましょう」

「了解」

苦笑して頷《うなず》く。

正直、俺も同感だった。

彼女に下の名前で呼ばれるって、破壊力すげえんだな。

ここからは呼び方を瑠璃《るり》ではなく、神猫《かみねこ》でもなく、黒猫《くろねこ》に戻す。

「じゃあ、さっそくやっていこうぜ。もちろんノルマってわけじゃなくて――ひとつひとつ、楽しんで、な」

「ええ」

「俺が書いてきたのは、少ないから後回しにして――」

俺は、黒猫《くろねこ》による〝運命の記述《デスティニー・レコード》〟を、再び読み進める。

うう……細かくって読みづらいぜ。

ええと……なになに？


――先輩と、ネットゲームの世界に閉じ込められる。

――異世界転移魔法を開発し、先輩と二人であらゆる世界を旅する。

――S級の実力を持つB級冒険者となる。


「…………………」

こいつはやべえぜ。俺にどうしろというのだ。

「？　どうしたの、先輩？」

「いや……ネットゲーム……やる？」

「あら、珍しい提案。それも悪くないわね。ただ、いまは付き合ったばかりだし、同じ空間でできる遊びを優先しましょう」

「そ、そうだな」

俺の彼女、言っていることは常識的なのに、書いてあることは激ヤバなんですよね。

ううん……とりあえず……どう考えても実現不可能なやつは飛ばして……他に……できそうなやつねえかな……？


――ユニークスキルに覚醒し、先輩と一緒に女神を倒す。

――先輩のおなかをさわりたい。

――先輩と来世で再会したときの打ち合わせをする。

【懸念《けねん》Ⅰ】死後の世界があった場合どうするか。

【懸念《けねん》Ⅱ】来世で兄妹《きょうだい》に生まれてしまった場合。

【懸念《けねん》Ⅲ】来世で同性になっていた場合。

【懸念《けねん》Ⅳ】魔法のある世界だった場合。

【懸念《けねん》Ⅴ】転生した私と先輩が魔王と勇者で戦う場合。

――一緒に並んで絵を描きたい。

――羽に触れてもらう。


「…………………………」

ほのぼのしたのと激ヤバのを交互に書くのやめない？

……羽っておまえ……触ることに、なんらかの儀式的意味合いとかありそうで怖いんですけど。

「黒猫《くろねこ》……」

「はい？」

「えっと…………………お腹《なか》、さわるか？」

「あら、いいの？」

「まぁ、それくらいなら……」

なにが楽しいのかサッパリ分からんけど。

俺たちはベンチに並んで座り、黒猫《くろねこ》は俺の腹をさすさすしている。

なんともシュールな状況だ。黒猫《くろねこ》はご満悦の様子で、しばしそうやっていたが、やがて、

「ふぅ……堪能《たんのう》したわ」

「そりゃよかった」

「今度は私の番ね」

「ん？」

「私が、あなたの〝願い《アルカディア》〟を叶《かな》えてあげるわ――といっても、お互い考えることは同じみたい」

黒猫《くろねこ》はベンチから立ち上がるや、バッグからもう一枚、ルーズリーフ――〝運命の記述《デスティニー・レコード》〟を取り出した。そうして、俺に見えるようにする。

そこには、俺と黒猫《くろねこ》のイラストが描かれていた。

二人が、仲良く手をつないで、歩いている。

――手をつないで歩きたい。

俺が昨日の夜に書いた〝願い〟と、同じ絵だった。

見れば、頬を桜色に染めた彼女が、俺に向かって手を差し伸べている。

「そうみたいだな」

俺はその手を取って、歩き出す。

夏の午前中。蟬時雨《せみしぐれ》の中を、あてどもなく散策する。

会話はなく――というか、緊張のあまりそれどころじゃなく、灼熱《しゃくねつ》の暑ささえ覚えることなく、ただ、指先同士が触れる感覚だけが明瞭だった。

初めて手をつないだわけじゃない。

けど、付き合ってから初めて、『恋人同士として』手をつないだ。

こんなにも違うなんて、思わなかった。

「…………」

「…………」

指先だけが、そっと繋《つな》がれている。

俺たちは、周囲からどう見えるのだろう？　ちゃんと恋人同士に見えているだろうか？

それとも、まともに彼女の手を握ることさえできない情けなさまで、見透かされてしまうだろうか――。

「先輩」

と、黒猫《くろねこ》の声が、俺を思考から引き戻す。

足を止め、視線を隣に向けると、彼女は決然と俺を見上げ、

「やり遂げてみせるわ……それが運命《さだめ》だと言うのなら」

アニメのようなカッコいい台詞《せりふ》と共に、俺の掌《てのひら》に、指を絡《から》めてきた。

いわゆる恋人つなぎ、というやつだ。

ぞくぞく——と、背筋に妙な感触が走り、声が出てしまう。

「へ、変な声を出さないで頂戴」

「ごめん……くすぐったくて。……あー……なんだろ、これ」

くらくらする……。倒れそうだ。

きっと、太陽のせいじゃない。

「…………厭《いや》、かしら?」

「いんや、嬉《うれ》しい」

「……そ、そう。なら、いいのだけど」

しっかりと手をつないだ俺たちは、再び並んで歩き出す。

もう、恋人同士以外には、見えないだろう。

それが嬉《うれ》しく、恥ずかしく、喜ばしく。

さらに言葉にはしがたい諸々《もろもろ》の感情が、脳内を駆け巡る。

……黒猫《くろねこ》のやつ、意外とぐいぐい来るよな。

男の俺よりも、ずっと積極的で——

なのに、行動してから恥じらうのだ。

いまも彼女は、俺を先導するように、つないだ手を引いていく。

「なぁ、どっか目的地があるのか？」

てっきり、適当に散歩しているだけかと思っていたんだが。

問うと、黒猫《くろねこ》は、暑さとそれ以外の理由で顔を赤らめたまま、言う。

「ええ、〝運命の記述《デスティニー・レコード》〟とは別に……先輩に、やって欲しいことがあるの」

「なんでも言ってくれ」

「内容も聞かずに、いいのかしら？」

「いいんだよ。なんだって叶《かな》えてやんなきゃな。俺は、おまえの彼氏なんだから。我《わ》が儘《まま》言ってくれた方が、嬉《うれ》しいぜ」

「……ありがとう、京介《きょうすけ》」

「おっ……おう」

たまに不意を突くのやめてくれる？　心臓が止まるから。

ったく……。熱くなった頬を指で掻《か》く。

「じゃあ、遠慮なく……言うわね」

そうして黒猫《くろねこ》は、彼氏への『初めての我《わ》が儘《まま》』を口にする。

「私の家で、家族に会って頂戴」

「おう！　任せ――――うぇぇ!?」

初デートで!?　まさか！

お、『お嬢さんを俺にください』をやれってのか――――。

「……なぜ、そんなに驚いているの？」

逆におまえは、なぜそんなに平然としているの？

超恥ずかしがり屋なくせに！　恋愛的には、超お堅いお嬢様のくせに！

『彼氏を家族に紹介する』って、かなりの大イベントだと思うんだが！

……俺と黒猫《くろねこ》の感覚に、ズレがあるんだろうか？

さっきからずっと、ぐいぐい来られて、新米彼氏としては戸惑ってしまうぞ。

「いや、なんでもねえんだ」

「そう。なら、行きましょう」

分からねえ……。

恋人同士になって、お互いのことを分かり合おうとしているのに、むしろミステリアスな部分が増えていっているような気がする。

……難しいな、付き合うって。

そうやって――――。

「先輩……先輩？」

「ん？　お、おお……どした？」

黒猫《くろねこ》の家へと向かう道中、俺は超必死で、彼女の気持ちを考察したり、覚悟を決めようと試みたりしていた。

だが、そんな悠長な時間を、俺の彼女は与えてくれない。

「着いたわよ」

「え？　もう？」

慌てて周囲を見回す。覚えのある景色……もしかしなくとも、我が家の近所だ。

こんなすぐ近くに住んでいたんだな。

いままで黒猫《くろねこ》は、一貫して俺たちを家に招こうとはしなかったから。

きっと桐乃《きりの》も、ここに来たことはないだろう。

ちょっとだけ優越感。どうだ桐乃《きりの》、おまえよりも先に、黒猫《くろねこ》の家に招かれたぜ。

黒猫《くろねこ》の家――五更《ごこう》家は、古式ゆかしい和風の家屋だった。

もっと言うと、昭和風の家って感じ。

黒猫《くろねこ》が、神猫《かみねこ》衣装の羽を外し、抱え持った。

「先輩、少しだけ待っていて頂戴。家族に話してくるから」

「お、おう……なぁ、今日、おまえのご両親って」

「父が在宅よ」

「そ、そか」

プレッシャぁ〜〜〜〜〜〜〜〜〜〜〜〜〜〜〜〜〜〜〜〜〜！

ガチガチになっている俺を、黒猫《くろねこ》は不思議そうに見つめてから、家に入っていった。

俺は、彼女が戻ってくるまでの数分、目をきつくつむって、胸を押さえ、さながら就活の最終面接、その待合室にいるかのように……苦しい時間を過ごしたのであった。

やがて、黒猫《くろねこ》が玄関から出てきて……。

「上がって頂戴」

来た！　ついに！　『彼女の父親』との対面の時が……！

うおおおお！　いくぞ！　いくぞいくぞいくぞ！　高坂京介《こうさかきょうすけ》、男を見せるぜ……！

「おう！　俺に任せろ！」

「……なに、その謎のテンションは」

「ハハハ！　なんでもない！」

明らかになんでもある態度で、俺は五更《ごこう》家の敷地《しきち》に足を踏み入れる。

小さな庭が付いていて、中に入ると正面と右手に廊下が延びている。

靴を脱いで、家に上がったところで、

「――――――」

俺は、息を呑《の》んだ。

とてつもなく綺麗《きれい》な人が、ゆっくりと向こうから歩いてきたからだ。

恐ろしく顔が良く、胸が薄く、なで肩で、真っ白いシャツを着ている。表情は柔らかく、匂い立つような色気を纏《まと》っている。

現実味の薄い美貌。

黒猫《くろねこ》の家族だろうか？　鈍った頭で、そう考える。

妹、では、ないよな？　明らかに俺よりも年上だ。

だとすると……黒猫《くろねこ》の、お姉さん？

長い黒髪の麗人が、俺の前で立ち止まり、唇を開く。

「こんにちは」

「あ、はい、こんにちは……」

辛《かろ》うじて言葉を絞り出す。さらにぎこちない礼と共に、用意しておいた台詞《せりふ》を口にする。

「はじめまして、高坂京介《こうさかきょうすけ》です。瑠璃《るり》さんと、交際をしています」

すると、俺の自己紹介に、女性にしてはやや低い声で返事がくる。

「はじめまして、五更静《ごこうしずか》です」

「瑠璃《るり》の父です」

そっか。この人、黒猫《くろねこ》のお姉さんじゃなくて、お父さんだったのか。

なるほ――――

「ち、父？」

聞き間違いかと思い、隣の黒猫《くろねこ》を見ると、彼女は小さな溜息《ためいき》と共に、

「私の父よ」

そう、断定した。

「…………………………」

えぇ……？

いまの俺は、目玉が飛び出そうな顔をしていることだろう。

いや……そりゃ、確かに……女性にしては、胸が薄いなとは……。

の……喉仏……ある、かぁ？

まったく分からん。超美人の女性にしか見えなかった。

ただ、黒猫《くろねこ》と似ている、とは思う。血のつながりを感じる面差しだ。

きっと黒猫《くろねこ》が大人になったら、こんなふうに、女性として完成された美貌に至るのだろう。

って、彼女のお父さん相手に抱く感想じゃねえ！

手遅れかもしれんが、俺は、慌てて冷静さを取り繕う。

「あの、俺、失礼な態度で……すみませんでした」

「気にしないで。父親らしく見えないのは、自覚していますから」

恥じらうように、彼は俺から、わずかに視線をそらす。

「こちらこそ、二人を邪魔しにきたようで申し訳ない。彼女の父親となんて、付き合ったばかりなのに会いたくなかっただろう？」

「いえ、そんな」

肯定できるわけねーだろ！

そんな俺の内心を、彼も分かっているようで、恐縮そうに言う。

「娘の初彼氏に、挨拶くらいはしておきたくて。少しだけ、話をさせてもらってもいいかな」

「もちろんです」

「ありがとう。——ああ、そんなに緊張しないで。まずは、お礼を言わせて欲しい」

「お礼、ですか？」

なにについて、だろう？　彼は俺の疑問を察したように、

「色々だよ。たとえば、合宿の件。君がいなかったら、瑠璃《るり》は参加しなかったろうし、そもそも、部活動にすら入っていなかったと聞いているよ。それ以前にも、何度も助けられたというじゃないか」

彼は、遙《はる》か年下の俺に対し、深く頭を下げた。

「高坂京介《こうさかきょうすけ》さん。娘が、いつもお世話になっています」

そんな父を見た黒猫《くろねこ》は、やや身体《からだ》を硬くし、頬を染めている。

親に彼氏を紹介している真っ最中だものな。逆の立場だったら、きっと俺もこうなるだろう。

少しでも彼女の緊張が和らげばと、穏やかな声を出す。

「俺が、好きでやっていることですし……俺も、妹も、くろね……瑠璃《るり》さんには、お世話になっています。だから、お互い様です」

余裕そうに見えるかもしれんが、内心、かなり慌てている。

黒猫《くろねこ》のお父さんが、俺の考えていたシミュレーションと違いすぎるからだ。

腰が低すぎるし、友好的すぎるし——超美人だし。

どうしよう……というのが、正直な気持ちだった。

「そうか」

と、彼は小さく頷《うなず》いた。それから、

「あ……僕の前だからって、いつもと違う呼び方をすることはないよ。ハンドルネームで呼び合っているという話は、聞いているから」

「分かりました。じゃあ、黒猫《くろねこ》で」

瑠璃《るり》、という呼び方に、慣れるまでは。

お互いに、遠慮がちな挨拶とお礼を交わした後、

「…………………………」

「…………………………」

しん、と場が静かになってしまった。

俺は緊張のあまり、自分から話を切り出せないし、彼は彼で、じっと立ち尽くしていた。

「……二人とも、そんなところではなく、中で話したらどう？」

黒猫《くろねこ》が見かねたように言った。

「あ、あぁ……」

「そ、そうだね」

受け身モードになってしまった男二人の尻を、黒猫《くろねこ》が叩《たた》く形で、場を進めていく。

それから――

俺たち三人は、会話もなく廊下を歩いていく。

やや気まずい雰囲気がしばし続き、ふと、黒猫《くろねこ》のお父さん――静《しずか》さんがぼそりと言った。

「実は、僕も、緊張しているんだ」

「え？」

「娘の彼氏と会うなんて、責任重大だからね――」

色白の掌《てのひら》で、胸を押さえている。

その仕草は、怖《お》じ気《け》づいているときの黒猫《くろねこ》そっくりだ。

どうやら彼は、かなり気弱な人物であるらしい。

　俺にとっては、父親というと『自分の親父《おやじ》』を基準に考えてしまうから、黒猫《くろねこ》のお父さんの人柄は、かなり意外に感じた。それ以上に、外見にびっくりしたわけだが。

　と、そこで前方の襖《ふすま》が開き、

「お父さん！　ルリ姉《ねえ》の彼氏きた⁉」

　元気いっぱいの少女が飛び出してきた。

　おっ、この声は――

「みぎゃー！　なにその超ヤバい服！　うっそ、まさかその格好でデートに行ったの⁉　よくフラれなかったね！」

　五更日向《ごこうひなた》――黒猫《くろねこ》の妹だ。

　彼女の溌剌《はつらつ》とした声だけは、俺も知っていた。

　聖天使神猫《かみねこ》様は、日向《ひなた》ちゃんの常識的な声に耳を貸さず、呆《あき》れた声を漏らす。

「日向《ひなた》。大人しく部屋にいて頂戴と言ったでしょう」

「えぇ～？　あのスーパーネガティヴ人見知りお姉ちゃんが、彼氏を家に連れてきたんだよ⁉　ジッとしてられるわけないじゃん！」

　たたたた、と、駆け寄ってきて、

「お父さん、ちゃんと娘の彼氏にガツンと言ったの？」

「もちろん。お母さんに頼まれていたからね」

「ほんとぉ？　アヤシイなぁ～、お父さんよわよわだからなぁ～」

「ちゃんと言ったさ。ね？」

「あ、はい」

ガツンとなんて言われてないよ。

いや、彼にとっては、あれでも『ガツンと言った』という認識なのか？

……よわよわという日向《ひなた》ちゃんの表現が、ぴったりな気がしてきたぞ……。

静《しず》さんは、慈愛溢《あふ》れる声で、日向《ひなた》ちゃんに言う。

「それより日向《ひなた》、君も高坂《こうさか》さんに挨拶なさい」

「あ！　そだね！」

日向《ひなた》ちゃんは、くるりと俺に向き直り、顔面全体を使って笑顔を見せる。

「ちーっす！　改めまして、五更日向《ごこうひなた》でぇーっす！」

元気いいなあ！　こっちまでテンションが上がってくるぜ。

「高坂京介《こうさかきょうすけ》だ。よろしくな、日向《ひなた》ちゃん」

「うんっ！　この前は、一緒にルリ姉《ねえ》を説得してくれてありがとう！　――なんて呼べばいい？」

「好きに呼んでくれて構わないぞ」

「じゃあ高坂《こうさか》くんで」

「おう」

友達多いだろうなあ、この子。

話しやすすぎる。

「まったく……この子は」

黒猫《くろねこ》が溜息《ためいき》を吐いて、日向《ひなた》ちゃんの頭に片手を置く。

「ごめんなさい、先輩……妹が失礼なことを言って」

「いやいや、気にしてないから」

「ありがとう。ああ、そうだ……下の妹も紹介するわ」

彼女は廊下前方に視線をやる。すると、開いた襖《ふすま》に半分身体《からだ》を隠して、おかっぱ頭の小さな子供が、こちらの様子をうかがっていた。

あの子は――

「珠希《たまき》、あなたも、こっちにいらっしゃい」

「はぁい」

少女は、とことこ小さな歩幅でやってきて、俺の前で、ぺこりと大きなお辞儀をした。

「五更珠希《ごこうたまき》……ろくさいです！」

「初めまして、高坂京介《こうさかきょうすけ》です。よろしくな」

俺は、その場にしゃがみ、目線を合わせて自己紹介をした。

「……………………うん、ごめん」

娘たちからボロクソ言われてションボリしてしまった。その後、気を取り直して、別のゲームを持ってくるも、

「じゃあ……桃鉄はどうだろう。みんなで遊べるし」

「それも、すべてのゲーム内容を暗記しているプレイヤーが必ず勝つゲームでしょう」

「お父さんが自分で言ったとおりじゃん。ゲームやろうとしただけで性格が出るじゃん」

「…………………」

完全に黙ってしまった。あんまりコミュニケーション上手な人じゃないんだな。

これは黒猫《くろねこ》の親父《おやじ》。

強い血の絆《きずな》を感じる……！

沈黙が気まずすぎるので、なんでもいいから話題を振ろう。

「なぁ、黒猫《くろねこ》とお父さんって、どっちがゲーム上手《うま》いんだ？」

「私の方が上手《うま》いわ。父が得意な昔のゲームで勝負するなら、三回やって一回私が負けるくらいね」

「それ超強くない？」

別に古いゲームじゃなくても、俺が勝てるわけなかったたな。

『ゲームで勝たないと娘との交際を認めない』ってのが、冗談で助かったぜ。

優しいお父さんで、本当によかった。

「でも、そうか……」

「なにを納得しているの？」

「黒猫《くろねこ》がゲーム好きだったり、ゲームが超強かったりするのって、お父さんの影響なんだなって」

俺がそう言うと、

「…………………」

黒猫《くろねこ》は、ぽかんとした顔で黙り込んでしまった。

「……どうかしたか？」

「あ、ごめんなさい。ちょっと、驚いてしまって。……いままで意識したことはなかったけれど……先輩の言うとおりだな、って……思い出したの。私がゲームを好きになったのは……本気で取り組むようになったのは……」

すっ、と冷たい目で、

「幼い頃、対戦ゲームで、父に容赦なくやられ続けていたからよ」

「大人げねえ……！」

微笑《ほほえ》ましい子供時代のエピソードかと思いきや、ぜんぜん違ったわ！

「瑠璃《るり》は、手加減すると怒るんだよ！」

慌てて弁明する静《しずか》さん。

その言い草は、確かに分からなくもない。

黒猫《くろねこ》って、超負けず嫌いだからな。

きっと当時も、勝てるわけもない相手に、勝つまで挑み続けたのだろう。

目に涙を浮かべながら、諦めることなく。

その光景が、見えるかのようだった。

感慨深い気持ちに浸っていると、

「先輩は、どんなゲームがいいと思う？」

「え、俺？　そうだなあ……俺はゲーム下手くそだし……珠希《たまき》ちゃんも一緒に、楽しく遊べるようなやつがいいかな」

「さっすが高坂《こうさか》くん！　いい提案するね！　はい、お父さん！　リクエストどおりのゲーム出して！」

「よしきた」

――そうして。

俺は、夏休みの午前中を、黒猫《くろねこ》の家で、黒猫《くろねこ》の家族と一緒に、ゲームをして過ごした。

この家には、『難易度の低い複数人で遊べるゲーム』があんまりなく、四人でドリームキャストという古いハードのパーティゲームっぽいものをやったあとは、黒猫《くろねこ》が『斑鳩《いかるが》』という超カッコいいゲームをプレイするのをみんなで見ながらお喋《しゃべ》りしたり、ゲーム研究会の部長が作った『滅義怒羅怨《めぎどらおん》』なるクソゲーを静《しず》さんにやらせてみたり、わいわいと騒がしい時を過ごした。

――これで少しは、分かり合うことができたのだろうか？

それは分からないけど……五更《ごこう》家の団欒《だんらん》に、一時でも混ぜてもらったようで。

楽しい時間だったよ。

黒猫《くろねこ》は……いや、五更瑠璃《ごこうるり》は、家だとこんなふうに笑うんだな、って。

新鮮な発見だ。また少し、彼女のことを好きになった。

「先輩、お昼を食べていって頂戴」

「お、いいのか？」

「ええ。――普段、我が家で食べるものばかりだけど」

「ぜひ、ごちそうになるぜ」

もしも遙《はる》か先の未来、彼女と夫婦になったなら。

こんな日常が、続いていくのだろう。

いつか義父になるかもしれない人は、ずっと『滅義怒羅怨《めぎどらおん》』の文句を言い続けていた。

太陽が西へと沈んでいく。

俺は、さすがに夕食まで厄介になるわけにもいかず、後ろ髪引かれながらも帰宅する。

黒猫《くろねこ》と、付き合ってから初めてのデート。

記念すべき日が、終わっていく。

振り返ってみれば、騒々しい一日だったな。

初っぱなから聖天使神猫《かみねこ》に度肝を抜かれて、下の名前で呼び合って、手をつないで。

家族を紹介してもらって。

親への挨拶まで、済ませてしまった。

俺も黒猫《くろねこ》も、決して積極的なタイプではないってのに、たった数時間で、よくぞここまで進展したもんだ。

内心ちょっぴり期待していた…………初めてのキスは、お預けだったけれど。

さすがにまだ早いってことで、納得する。

そう、俺もあいつも、心の準備ができていないっつーか……。

俺たち、プラトニックなカップルだからな！

付き合ってすぐのデートでキスしちゃうような浮かれたカップルどもとは、違うからな！

言い訳じゃねえって！　ごほん、ともあれ――

「あぁ……楽しかった」

心からそう思うぜ。最高の一日だった、ってな。

そうして我が家へ帰り着く。

「ただいまー」

玄関に入ると、妙な感覚があった。

ひどく懐《なつ》かしいにおいがする、というか……うまく言えないのだが……。

胸を締め付けられるような郷愁が、突如として渦巻いた。

「……?」

自身の異常に首をかしげながらも、靴を脱ぎ、家に上がる。

ふと、リビングを覗《のぞ》き——

幻覚か? と、目をこすった。

ここにいるはずのない、いやつの姿が見えたからだ。

ソファに座っている幻覚は、俺の気配に振り向くや、

「あ、おかえり」

「………こっちの台詞《せりふ》だ」

辛《かろ》うじてそう返すのが、精一杯だ。

俺の妹が、こんなところにいるわけがない。

高坂桐乃《こうさかきりの》が、帰ってきた。

桐乃《きりの》はそこで、ぐわっとキバを剝《む》いて、激しい剣幕で怒鳴る。

「つか、あたし日本にいる間にアニメとゲーム消化しないといけないから！　あんたと話してる暇とかないし！」

どたどたと肩を怒らせて、リビングの扉へと向かう。

意味分からん。なんだこいつ。

だいたいゲームで忙しいなら、なんでリビングにいたんだよ。

こういうとこ相変わらずだな、ったく。

などと思っていると、桐乃《きりの》が足を止め、ちらりとこちらを振り向いた。

「あんたさ」

「あん？」

「黒猫《くろねこ》と付き合ってんだって？」

「ぶふっ……！」

完全に不意を突かれて、むせてしまった。

「おま、どこでそれを……！」

「沙織《さおり》から聞いた」

「あぁ……」

考えれば分かったことだ。

桐乃《きりの》と俺の共通の友達で、それを知っているのって、沙織《さおり》だけだものな。

口止めをしたわけでもない。そもそも桐乃《きりの》に内緒にしておこうなんて話でもない。

ただ――

「おまえ、連絡付かねえから」

「ん、その件はあたしが悪い。マジでごめん」

素直に詫《わ》びてきたので、俺は両目を大きくしてしまう。

桐乃《きりの》は、扉のノブに触れていた手を戻し、身体《からだ》を完全にこちらへと向ける。

「あの頃のあたし、切羽詰まってたから。みんなに話したら、甘えちゃいそうで……」

「…………」

「色々上手《うま》く行き始めて、やっと気持ちが落ち着いて、ほんのちょっぴり余裕ができて――さ。

夏休み、一旦こっち帰ろうって、なったんだ。それで、久しぶりに、沙織《さおり》に電話したんだけど
――」

「怒ってたろ」

「うん」

桐乃《きりの》は、小さく笑って、

「めちゃくちゃ叱られた。ぜんぶあたしが悪い。反省してる」

「ああ、そうだな」

こいつは俺のみならず、親友の沙織《さおり》や黒猫《くろねこ》にまで、黙って海外に行っちまったのだ。

そのせいで、沙織《さおり》や黒猫《くろねこ》が、どれだけへこんでいたか。さみしがっていたか。

特に沙織《さおり》は、いつものあいつらしからぬ剣幕で、取り乱していたっけ。

そりゃあ久しぶりに桐乃《きりの》が連絡したら、沙織《さおり》はめちゃくちゃ叱るだろう。怒るだろう。

今日の桐乃《きりの》が、妙に大人しい理由、ようやく納得できたぜ。

沙織《さおり》との電話を回想していたのだろう桐乃《きりの》は、幸せそうに言う。

「何時間も……ずーっと話してた」

「そか」

言いたいことも、恨み言も、積もる話も、あったろう。

「やっと許してもらって……そんで、次は黒猫《くろねこ》に電話するんだって言ったら……」

沙織《さおり》から、俺と黒猫《くろねこ》が付き合い始めたことを、教えられたのだという。

「……ふむ」

どーも意図が読めないが、沙織《さおり》の判断で話したってんなら、なに一つ文句はない。

文句はないが……。

なんで俺や黒猫《くろねこ》から、桐乃《きりの》に話すんじゃ、ダメだったんかな――って、小さな疑問を抱く。

ともあれ、だ。

「ようやくおまえに報告できる。俺、黒猫《くろねこ》と付き合ってるんだ」

「うん。……えーと、こういうとき、なんてったらいいか迷うんだけどさ。——おめでと」

「……おう、さんきゅ」

なんか、照れくせえな。顔が熱くなってくる。

言葉をさまよわせていると、桐乃《きりの》がこんな提案をしてきた。

「明日、みんなで会わない？　アキバでさ」

「おう、そりゃいいな」

即答した。黒猫《くろねこ》と二人きりで会う機会が、一日減るってのにだ。

理由なんて、言うまでもない。そうだろう？

「てか、もう沙織《さおり》が企画してくれてたんだけどね。あたしの帰国に会わせてさ」

「え？　あっ！」

——実は拙者、『再会パーティ』なるものを企《たくら》んでおりましてな。

「『再会パーティ』って、これのことかよ！」

あー、そうか、そうか。

あの日、すでに沙織《さおり》は、桐乃《きりの》から帰国する連絡を受けていたんだな。

——ふふふ、京介《きょうすけ》氏！　びっくりしたでござろう？

友人の得意げな顔が、脳裏に浮かぶ。

「ったく、とんだサプライズだ」

苦笑と共に吐き出したぼやきには、隠しきれぬ嬉《うれ》しさが滲《にじ》み出《で》ていた。

っつーわけで——

翌日の午前中。俺は、秋葉原《あきはばら》駅へと降り立った。

妹とこの場所にきたのは、もう、半年ぶりになるんだな。

「秋葉原《あきはばら》ー！　うひょぉぉぉぉ！　やぁ——っと来られたぁ！」

桐乃《きりの》が、天高くバンザイをして、駅前を見回す。

「いやー、変わったね、しばらく見ないうちに！　ちょっと色々見てってていい？」

「いいけど、これからみんなで回るんだろ？」

「ちょっとだけだから！　まだ時間早いし店頭だけチラ見させて！」

返事も聞かずに、突進していっちまう。

やれやれ……はしゃぎやがって、あんにゃろう。

五更《ごこう》家が近所だってことが分かったので、電車に乗る前に合流するっつー案も出たのだが、黒猫《くろねこ》に断られちまった。

桐乃《きりの》との再会は、いつもどおりにやりたい——んだとよ。

『桐乃《きりの》の帰還』は、あいつにとっても、特別なイベントであるらしい。

だとすると、だ。

オタク丸出しで駆け出してった誰かさんは、まだ時間には早いなんて言っていたが——

「先輩」

ほら、こいつなら、早めに来ているわな。

俺は、声の主に向かって振り向き、片手を挙げて挨拶する。

「おう、黒猫《くろねこ》。おはよう」

「おはよう。桐乃《きりの》はどこ？」

黒猫《くろねこ》は、ゴスロリのスカートを揺らし、きょろきょろと周囲を見回す。

「ゲーマーズの方に突っ込んでったぞ」

「……相変わらずね」

「まったくだ」

俺たちの間に、しばしの沈黙が横たわった。

別に気まずいとか、そういうわけじゃないのだが……なんとなく、懐《なつ》かしい感覚。

あぁ、そうだ、これは……まだ黒猫《くろねこ》が後輩になる前。

俺たちがそれほど仲良くなっていない頃。

桐乃《きりの》と沙織《さおり》が席を外して、ふいに二人きりになったときの、あの感覚だ。

「っはは。まさか、なぁ」

「どうしたの？」

「いや……おまえと会ったばっかの頃を思い出してた。いっつも桐乃《きりの》と言い合いしてて――俺とはあんまり話さなくって。あの頃は、こうして付き合うことになるなんて、思わなかった」

「ええ……私もよ」

「不思議なもんだな」

「いいえ、不思議ではないわ。これは運命……世界に定められたものではなく……私が決めた、ね」

いまいち意味が分からなくて、俺は黒猫《くろねこ》の方を向いた。

目と目が合い、彼女が笑う。

「私の『持ち込み』に、付き合ってくれたでしょう？」

彼女が小説を出版社へと持ち込みに行ったとき、俺は付き添いとして同行したのだ。

「あぁ……そんなこともあったな。それが……」

どうしたんだ、と。そう口にする前に、

「あれが、あなたのことを好きになった、最初のきっかけ」

「――――」

硬直した。

「そう、なの、か」

「えぇ……しばらくは、自分でも、気付かなかったのだけれど……あなたは、私のために、怒ってくれた。一緒に悩んでくれた。慰めてくれた。それが、嬉《うれ》しくて……自分の気持ちに気付いたとき、決めたのよ。――この人と一緒になろう、って」

まるで、恋人として交際しているいまが、通過点であるかのように黒猫《くろねこ》は言う。

「私は、そう決めて、動き始めたの。だから、なにも不思議じゃないわ」

「……そっか」

「あなたから告白されたのは、驚いたけれどね」

「はは」

思い出させるなよ。照れくさくて死ぬだろ。

そうやって、俺と黒猫《くろねこ》は、二人で話し込んでいた――

と。

「そーこ、ちょっと目を離したスキに、なに街中でいちゃいちゃしてんの？」

正面からの声に、二人で顔を上げると、半目になった桐乃《きりの》が腰に手を当て立っていた。

瞬間、黒猫《くろねこ》が硬直して、ぽつりと声を漏らす。

「桐乃《きりの》――――」

「……久しぶり」

にやり、と、笑みを浮かべる桐乃《きりの》。

黒猫《くろねこ》は、呆然《ぼうぜん》としたまま、一歩、二歩と桐乃《きりの》に近づき、その頬に触れる。

「……本当に……桐乃《きりの》なの？　私が脳内で創り上げた幻覚などではなく？」

「本物に決まってんじゃん。……てか、リアクションが大げさ過ぎて怖いんですけど」

顔色が青ざめるほど引いている桐乃《きりの》。

久しぶりに友達と再会したってだけなのに、まず本物かどうか、幻覚じゃないかどうか確認しようとする、その発想が異常であった。

電話で、今日の集まりに桐乃《きりの》が来るってことは、伝えてあったんだぜ？

ったく、どんだけ桐乃《きりの》のこと好きなんだよこいつ。

「……向こうは食文化が異なるそうだけど、ちゃんと食事は取れていた？　環境が変わって、体調を崩したりしなかった？　それと——」

「あーもう！　あんたはあたしのお母さんか！」

いやいや、うちのお袋だって、そんな心配してなかったろ。

「大丈夫だっつーの！　ほら！　このとおり！」

元気元気！　と、桐乃《きりの》はその場で飛び跳ねて見せる。

それでようやく、黒猫《くろねこ》も安心したらしい。

「そう、なら、いいのだけど……」

「あんたの友情重いんですけど」

「フッ、当時の私には友達が二人しかいなかったのよ？　重くもなるわ」

「胸を張って言うからなあ」

桐乃《きりの》にこの困り顔をさせられるやつ、この世で黒猫《くろねこ》とあやせくらいじゃねーの？

黒猫《くろねこ》は、再会の衝撃にようやく慣れてきたらしく、呼気を整えて、言う。

「さて……これで安心して文句が言えるわ。……桐乃《きりの》、あなた、よくも私になにも言わず、いなくなったわね」

「ごめん」

桐乃《きりの》は、素直に詫《わ》びた。俺に対してそうしたのと、同じように。

すると黒猫《くろねこ》は、じろりと桐乃《きりの》を睨《にら》み付《つ》けて、

「条件付きで、一度だけ許すわ」

「……条件って？」

「向こうでの連絡先を教えなさい」

「……それなんだ、条件。普通に教えるつもりだったのに」

「いいから。今後はこちらからの連絡には、必ず答えるように」

「分かってるっての」

そうやって——

黒猫《くろねこ》が急《せ》かし、桐乃《きりの》の連絡先を、自分の携帯に登録させている。

久しぶりの交流を、微笑《ほほえ》ましく見ていると、

「無事、仲直りできたようですな」

「おう、よか——って」

いつの間にか沙織《さおり》が、俺のすぐ隣に存在していた。

「驚かせるなよ……」

「ははは、申し訳ござらぬ」

ぐるぐる眼鏡の少女は、そう言って笑い、桐乃《きりの》たちのやり取りを優しく見守っている。

俺は、その背を叩《たた》いて、

「ほら、沙織《さおり》、おまえも行ってこいよ」

「きょ、京介《きょうすけ》氏……」

最初は戸惑っていた沙織《さおり》だったが、

「ええ、拙者も混ざってくるとしましょう」

全力で、桐乃《きりの》たちの元へと走っていった。

でもって、

「きりりん氏！　お久しぶりでござる〰〰〰〰〰〰〰〰〰〰〰〰っ！」

がしっ！　と、二人を抱え込むようにして抱きつく。

「うひゃ！」「ぐ……ふっ」

体格で勝る沙織《さおり》の親愛表現は強力で、抱きつかれた桐乃《きりの》と黒猫《くろねこ》が悲鳴を漏らす。

それでも沙織《さおり》は離すまじと締め上げる勢いで力を込め、久方ぶりの再会を喜ぶのだった。

「拙者のこと、覚えておいでだから……放せっつーの！」

「覚えておいでだからでござるかっ？」

「いやいやいやいや！　きりりん氏！　きりりん氏！　お久しぶりですなあ！　お久しぶりですなあ！　ふふふ喜ばしい～！」

「聞けぇー！　じ、実はあんたまだ怒ってるでしょ！」

「……お、おい沙織《さおり》、その辺にしとけ、桐乃《きりの》はともかく黒猫《くろねこ》がぐったりしてきたぞ」

完全にとばっちりじゃねーか。

見かねた俺が、止めに入ると、沙織《さおり》は「これは失礼！」とハイテンションを維持したまま、二人を解放した。

首絞めに近いハグから解き放たれた黒猫《くろねこ》は、ぜえぜえ肩を上下させている。

「……ククク……やってくれたわね沙織《さおり》。我が首筋に、暑苦しいオタク汁をなすりつけるとは……服が湿ってしまったじゃない、このでかぶつ」

「ぎゃー！　マジで首がぬるぬるなんですケド！　んもぉ～～汚いじゃん！　汗かきすぎでしょキモ！」

「お二人からの容赦ない罵倒が実に懐《なつ》かしいですなあ——って、きりりん氏!?　黒猫《くろねこ》氏!?　その言い草は、さすがに乙女に対してひどすぎでござらん⁉」

「知んないっつの！　うえ感触きもい〜〜〜」

こいつら……。久しぶりに会ったってのにこのザマかよ。

これ、もはや友達同士の『感動の再会シーン』とは呼べねーだろ。

でも、ま、アレだ。

『三人揃《そろ》ったいつものノリ』が帰ってきたみたいで、微笑《ほほえ》ましい気持ちになったよ。

一瞬だけな。

俺は、バッグからタオルを取り出し、バカ騒ぎしていたオタクどもに渡してやる。

「ほら、三人分あるから、汗拭いて仲直りしろ。沙織《さおり》はポカリ飲んでちっと涼め」

「これはありがたい。さすが京介《きょうすけ》氏、準備がいい」

と、水分補給をする沙織《さおり》。

「ん、苦しゅうない」

と、超偉そうにタオルを受け取る桐乃《きりの》。さっそく兄を家来扱いかよ。

そして黒猫《くろねこ》も、

「有《あ》り難《がと》う、先輩」

「それ」

俺と黒猫《くろねこ》のやり取りに、桐乃《きりの》が不機嫌そうに割り込んでくる。

真ん中から、俺たちの顔を順番に見て、

「あんたたちさー、あたしに言うコトあんでしょ？」

俺と黒猫《くろねこ》は、しばし沈思し――

「おまえのエロゲコレクションは、ちゃんと守護《まも》っておいてやったぞ」

「あなたの好きそうなアニメは、すべて録画しておいてあげたわ」

「うひょーマジでよくやった！　超サンキュー！　――って、それじゃなくて！　一応事情は聞いてるけど、二人揃《そろ》ってるときに本人の口から詳しく聞きたいっていうか――まずね！」

桐乃《きりの》はバックステップで距離を取り、ビシィ！　と、俺たちに指を突きつける。

「その、『先輩』ってなに？」

俺は黒猫《くろねこ》と顔を見合わせてから、答えてやる。

「黒猫《くろねこ》は、春から俺の後輩になったんだよ」

「彼と同じ学校に入学したの。だから、『先輩』と呼ぶようになったのよ」

「『彼』ぇ～!?」

「きりりん氏！　きりりん氏ー！　お顔が！　乙女がしてはならない形相になっております ぞ！　こうなるから拙者、あ、あ、あの日の電話であらかじめお伝えしておきましたのに……！」

「確かに聞いてはいたけどッ！　直接目の前で見せつけられるとヤッパ違うじゃん！　――あ！　てかッ、こいつらに余計なこと言うなっての！　あたし、別に怒ってないしっ！」

「そう言いつつ、拙者の拘束を、いまにも引き千切らんばかりではござらぬか！　きりりん氏！　落ち着いてくださいでござる～～～！」

ギャオオォォオォン！　と吠《ほ》えて暴れる桐乃《きりの》を、沙織《さおり》が必死になって止めている。

そもそも、なんで怒ってんだこいつ。

そこで、

「っふ……」

黒猫《くろねこ》が前に出て、荒ぶる桐乃《きりの》をあざ笑うように、

「報告が遅れてしまったけれど、私、数日前から……先輩と付き合っているの」

「ふぅ～～～～～～～～～ん、ほぉ～～～～～～～～～ん。……で？」

「これからは、私のことを、『お義姉《ねえ》さん』と呼んでもいいのよ？」

「誰が呼ぶかぁ！　よ、よーし分かった！　やっぱあんたはあたしの敵！」

「敵ではなく、『お義姉《ねえ》さん』よ。ほら、言って御覧なさい。『瑠璃《るり》お義姉《ねえ》さん』――さんはい」

「ぐぬぬ～……！　絶対面白がってんでしょあんた！」

「そうね。半年前の哀《かな》しみと怒りが、すーっと癒やされていくのを感じるわ。……やはり復《ふく》

讐《しゅう》は最高の娯楽」

「あんたマジでいい性格してるよね！」

「有《あ》り難《がと》う。嬉《うれ》しいわ」

「褒めてねぇー！」

桐乃《きりの》がついに沙織《さおり》の拘束を引き千切り、黒猫《くろねこ》にずずいと寄っていく。

黒猫《くろねこ》は、それをひらりと回避するような動きで、俺の背後に回る。

彼氏を盾にする形で、

「ククク……京介《きょうすけ》、あなたの妹が怖いわ。助けて頂戴」

「俺のそばでいがみ合うのやめて！」

俺は諸手《もろて》を挙げて降参する。こいつら、俺の周囲をぐるぐる回りながら、小刻みな攻撃を加え合っていやがる。

「痛ってぇ！」

猫パンチやらチョップやらが、ちょくちょく俺に誤爆してんだよ！

「ふしゃー！　しゅっしゅっ！」

「ククク……その程度の攻撃が、この私に当たるとでも？」

そうやって、しばし子供っぽいリアルファイトを楽しんだ両名は、ようやく満足したのか距離を取る。でもって桐乃《きりの》は腕を組み、

「ふーん、あっそ！　付き合ってるんだ！　あたしが海外に行って留守にしている間に！　友達なのに報告も相談もなしでそういうことするんだ？　ふぅ〜〜〜ん、あっそ！」

喧嘩《けんか》する前にやっとけよみたいな会話を始めた。

黒猫《くろねこ》は、目をすがめて桐乃《きりの》を咎《とが》める。

「お莫迦《ばか》。あなた、連絡がまったく取れなくて、報告も相談もさせてくれなかったじゃない」

「ぐぬっ……！」

「だから、いま報告しているのよ」

「そーですねぇ〜〜、分かってまぁ〜すぅ〜」

桐乃《きりの》は、唇をすぼめてスネた声を出す。

でもって、いつものよーに、会話の急ハンドルを切っていく。

「あたし、あんまこっちに居らんないし。今日、確かめるかんね」

「なにを確かめるって？」

「まずは、色々聞かせてもらうから」

相変わらず、話すのがヘッタクソな妹だ。

必要な情報がちっとも伝わってこねーんだよなぁ〜。

だってのに黒猫《くろねこ》は、自信ありげに答えてみせる。

「ええ、いいでしょう。望むところよ」

「すげえな。おまえ、いまので分かったの？」

「もちろんよ。いい、先輩、これから私たちは、交際を桐乃《きりの》に認めさせなければならない。これは、桐乃《きりの》が日本にいるうちに、すませておくべき儀式。――先輩、あなたが、私の家族に対してそうしてくれたように、今度は私が同じことをする番。――そういうことでしょう、桐乃《きりの》？」

「お、親への挨拶まで済ませているだとぉ……！」

桐乃《きりの》が、高威力のビームをガードしきったみたいなポーズで驚愕《きょうがく》している。

そんな妹は、すぐさま体勢を立て直し、

「でも、ま、だいたい合ってるかな」

マジかよ。俺たちの交際について、桐乃《きりの》がどうこうとか関係なくね？

一瞬そう思ったが、考え直す。

黒猫《くろねこ》は、俺の彼女であると同時に、桐乃《きりの》の親友でもある。

なら黒猫《くろねこ》にとって、桐乃《きりの》に俺との交際を認められるってのは、重要か。

「どのみち、話すつもりだったしな。好きなだけ聞いてくれ」

「ふん！」

桐乃《きりの》は、鼻を鳴らしてそっぽを向く。雰囲気が悪くなりかけたところで、タイミングよく沙《さ》織《おり》が寄ってきて、「まぁまぁ、きりりん氏」と宥《なだ》めにかかる。

それで刺々《とげとげ》しい空気は、すぐに霧散してしまう。

「さぁ、皆のもの、パーティ会場へと向かいましょうぞ！」

懐《なつ》かしさに、胸が締め付けられる。

かつてあった日常が、そのままの形で、再び帰ってきたのだ。


俺たちは沙織《さおり》に連れられアキバを歩む。

たどりついたのは、とあるビルの三階にあるレンタルルーム＠あきばっと。

「ここは……」

「ふふ……懐《なつ》かしいでござろう？」

「ああ、まーな」

エレベーターを降りると、すぐ受付窓口があり、飾り気のない廊下に幾つかの扉が並んでいる。

俺は感慨深く、店内を見回す。

「また……この店に来ることになるとはな」

「きりりん氏との再会パーティなら、やはりここが良かろうと思いましてな」

「さすが沙織《さおり》だ。いいチョイスだと思うぜ」

沙織《さおり》は、やや照れながら、受付を済ませに向かう。

一方、黒猫《くろねこ》は、桐乃《きりの》と会話をしているようだ。

「以前もここで、パーティをしたわね。覚えている、桐乃《きりの》？」

「覚えてる覚えてる。ほら、ネコミミメイドになったあんたが、超恥ずかしがってさあ――」

「あ、あれは違うのよっ」

あぁ、そんなこともあったな。

カーテンに隠れて恥じらう黒猫《くろねこ》が、めちゃくちゃ可愛《かわい》かったっけ。

そうそう、それと――。

あんときゃあ……最後にメイド服姿の妹から、妹もののエロゲーをプレゼントされるという、やべーオチが付いたんだ。

ったく――あぁ……本当に懐《なつ》かしいぜ。

俺が、妹と共に初めてアキバに来たのは、ほんの一年ちょっと前で……。

長い付き合いの街ってわけでもねーのにな。

こうして気付けば、アキバのあちこちに、思い出が転がっている。

こいつらと連《つる》んで歩いた記憶が、染《し》みついている。

たった数年で、街はどんどん変わっていって。

俺たちが出会った頃の街並みは、いつか、思い出の中だけでしか見られなくなって。

半年前、桐乃《きりの》がいなくなっちまったみてーに、このメンバーで集まる日々が、いつまで続くのかも分からない。

そんでも、忘れず残るものはあるだろうさ。

「京介氏《きょうすけ》、こちらです」

「おう、いま行く」

沙織《さおり》がレンタルしたのは、かつてと同じ部屋だった。

さっき黒猫《くろねこ》と桐乃《きりの》が話していたエピソード――

こいつらが何故《なぜ》かメイド服を着て、俺をお出迎えするという、謎の出来事があった場所だ。

アレは……良くも悪くも、忘れられん。

受付のお姉さんに、軽蔑の眼差《まなざ》しで見られたこともだ。

そう、当時あの部屋の前には、『高坂京介《こうさかきょうすけ》専属ハーレムご一行さまパーティ会場』なんつー、とんでもねえ案内看板が置かれていたんだ。

ぐぬぬ……思い出したらイライラしてきたぞ！

ついさっきまで、いい感じの感傷に浸れていたのに！

で。

もちろん今日の主役は俺じゃないわけで、案内看板には、当時とは別の文面が書かれていた。

それを目撃した桐乃《きりの》が叫ぶ。

「ちょ！　なにこの看板！」

「はい！　拙者が用意したものでござる！　お気に召していただけましたかな？」

「いやいやいやいや！　なにこの『親愛なる我等がきりりん氏帰国記念パーティ会場』って！　めちゃくちゃ恥ずかしいんだけど！」

「こんなんで文句言ってんじゃねーよ！　俺んときよりずいぶんマシじゃねーか！」

「はあ!?　あんときは、あたしだって後から気付いて死ぬほど恥ずかしかったんだかんね！　なんで二度も辱《はずかし》めを受けなきゃなんないワケ!?」

「……私も帰り際《かえりぎわ》に気付いて、羞恥で死ぬかと思ったわ。当時の怒りがぶり返してきたのだけど、どうしてくれようかしら」

「しょぼーん……申し訳ござりませぬ……拙者、よかれと思って……」

「嘘《うそ》だな」

「嘘《うそ》ね」

「絶対嘘《うそ》でしょ！」

落ち込むフリをした沙織《さおり》に向かって、三人でダウトを叩《たた》きつける。

さらに桐乃《きりの》が勢い込んで、

「沙織《さおり》ってキホン超いいやつだけど、実はこういう悪ふざけ大好きなの、あたしたちもう知ってんだかんね！　毎回毎回あたしがマジギレしないギリギリを攻めてきてさあ！　やめろって、いっつも言ってんでしょ！」

分かる。沙織《さおり》って、仲良くなると、わりとそういうところあるよな。

出会ったばかりの頃は、唯々《ただただ》いいやつだなとしか思ってなかったけどよ。

「はっはー！　バレましたか」

「ったく……あんたって、意外とガキっぽいよね」

「にゅふふ……そうなのですよ。拙者、うら若き乙女ですゆえ」

まったく見えねえけど、そうなんだよな。

ぐるぐる眼鏡のオタク少女、沙織《さおり》・バジーナは、頼れるサークルリーダーの顔だけじゃなく、年相応の顔も持っている。

「ですから」

沙織《さおり》は、まるで清楚《せいそ》なお嬢様のような口調で言う。

「わたくしが、子供っぽくいられる此処《ここ》が、好きなんです」

そうかい。そんなら俺も、『特別な場所』の一員として、誇らしいぜ。

俺たちは、鈴の付いた扉を開け、『親愛なる我等がきりりん氏帰国記念パーティ会場』へと入っていく。

からら ん——と、かつてと同じ、鈴の音が鳴り響く。

——お帰りなさいませでござる！　ご主人様！

んだって」

「きりりん氏……」

「だから、ちょくちょく帰ってくるよ。エロゲやりに」

「もう少し言葉を選べなかった？」

黒猫《くろねこ》が、呆《あき》れた顔でツッコんでいる。

「ふひひ——っと、あたしの海外無双エピソードはまたあとでね。いまは、あんたたちの話。赤城瀬菜《あかぎせな》ちゃんと仲良くなって——それでどうなったの？」

妹に聞かれ、俺から続きを話す。

「部長が、ゲーム研究会で合宿をしようぜって言い出したんだよ」

「瀬戸内海にある犬槇島《いぬまきじま》という場所に行くことになったの。それでね——」

黒猫《くろねこ》は、合宿の内容を語る。沙織《さおり》にしたものよりも、さらに詳しくだ。

時折、バッグから取り出した写真などを見せながら、

「これがさっき話した、瀬菜《せな》よ」

「お、可愛《かわい》い。あれ、この娘がバッグに付けてるキーホルダー、なんのアニメのだろ……あたしが知らないとは珍しい……」

知らない方がいいと思うぞ。

エロゲオタの妹ってだけで、すでにこっちは一杯一杯なんだから、瀬菜《せな》と接触して新たな領

域を開拓するのはぜひともやめて欲しい。

エロゲオタで腐女子の妹に〝転生《クラスチエンジ》〟されたら、えらいことだ。

……………〝転生《クラスチエンジ》〟って、この使い方で合ってる？

桐乃《きりの》は、さらに写真を眺め、

「うわ、なにこのアヤシイ服」

「私が自作した〝屍霊術師の黒衣《ネクロマンサーローブ》〟よ。格好いいでしょう」

「夏場にこんなもん着てたらバカじゃん。超暑そう」

「くっ……我が傑作になんてことを……。……そういえばこのローブ、合宿でなくしてしまったみたいで……」

「え？　そういや、あれ以降見てねーなとは思ってたが……」

「無念だわ……アレがあれば、夏服にバリエーションが増えたというのに……」

俺にとっちゃラッキーだったわ。

アレを着込んだ黒猫《くろねこ》と並んで歩くのは、愛する彼女でもなかなかキツい。

聖天使神猫《かみねこ》様とデートをしている時点で、いまさらな気もするが。

そこで唐突に、

「じゃ、これあげる」

桐乃《きりの》が黒猫《くろねこ》に、包みを渡す。

「これは？」

「あ、家で開けてよね。──あたしが選んだ、あんたの服。どーせあんたのことだから、デートに何を着ていったらいいか分かんなくて、困ったり、悩んだり、暴走したりするんだろーなーって。だから、帰国してすぐに買ってきてあげたの」

「……あ、ありがとう。まさか……あなたから、こんな贈り物をもらうなんて……」

「ひひー、次のデートではコレを着ること。いいね？」

「……そうさせてもらうわ」

ぎゅ、と包みを抱きしめる黒猫《くろねこ》。

次いで彼女は、がらりと表情を自信に満ちたものへと変えて、

「でもね、桐乃《きりの》……私のデートファッションは、これでなかなかのものなのよ？　ねぇ、先輩？」

「え……」

……まさかこいつ、〝聖天使の衣〟のことを言っているんじゃあるまいな。

俺は、一瞬、返事に窮したが、

「おう！　めちゃくちゃ可愛《かわい》かったぜ！」

嘘《うそ》は言ってない！　超可愛《かわい》かったのは確か！　やべー服だったのも確か！

黒猫《くろねこ》の立場を守るための発言だったのだが、俺の彼女は何を思ったのか、超得意げになって、

一枚の写真をテーブルの上に載せる。

バッ、おまえ……！

「っふ……これが、初デートのときに着た〝聖天使の衣〟よ」

あっ……という声が、沙織《さおり》の口からこぼれる。

桐乃《きりの》も愕然《がくぜん》と写真を眺め、眉をへの字にして言ったものだ。

「これと歩いたん？　彼氏偉くない？」

だろ？　だろ⁉　久しぶりに妹から褒められた気がする……！

「この羽とか……中二にしたってカッ飛びすぎでしょ。黒猫《くろねこ》あんた、次からはなるべくあたしか沙織《さおり》――それか、瀬菜《せな》って子でもいいからさ。相談しなね？　マジで」

「あら、どうしたの桐乃《きりの》？　今日のあなたは、ずいぶん優しいじゃない」

「あんたが優しくさせてんだっつーの！」

「ま、まぁまぁ、きりりん氏！　そ、そろそろ合宿の話の続きを聞きませぬか？」

「そ、そだね……じゃあ、新幹線に乗ったとこからよろ」

「いいでしょう」

桐乃《きりの》に促され、黒猫《くろねこ》は続きを語る。

ガタイのいい瀬菜《せな》の兄貴を紹介されて、内心怯《ひる》んでしまったこと。

瀬菜《せな》のブラコンエピソードを暴露してやったこと。

部員たちが持ってきたボードゲームを借りて、赤城《あかぎ》兄妹《きょうだい》と四人でプレイしたこと。

「それからフェリーに乗って、島に向かったの。これがその時の写真よ——」

——等々。

こいつ……記憶力いいな。

俺が忘れているような細かいエピソードまで、明瞭に語っている。

何時発の新幹線に乗ったとか、二日目の朝食に何を食べたとか、別にいらん情報な気もするが……桐乃《きりの》には、包み隠さず話すわよ、という黒猫《くろねこ》の考えが伝わってくる。

だからこそ桐乃《きりの》は、違和感に気付いたのだろう。

「なんかさー、細かく話すわりに、初日の夕方あたり、不自然に時間飛んでない？」

「ええ、そうなのよ、不思議ね」

「不思議ねじゃなくて」

「覚えていないものは仕方ないじゃない」

「いやいやいやいやいや」

「……なによ？」

「あたしと沙織《さおり》に話せないような出来事があったとかじゃなくて？」

「……む……心外なことを言うのね。たとえば、どんなエピソードがあったというの？」

やや怒り気味の黒猫《くろねこ》に、桐乃《きりの》は頬を染めながら、ぽつりと呟《つぶや》く。

「……キスとか」

「ありえないわ」

断言する黒猫《くろねこ》。

「………まだしてもらっていないもの。いまだに。一度も」

「あ、そうなんだ。さっきも言ってたけど、そこまで『まだ』なんだ」

桐乃《きりの》が黒猫《くろねこ》に対して気まずそうにしてるの、俺、初めて見たんじゃねえか？

え？　なに？　俺、引かれてる？　桐乃《きりの》に？　うっそお……。

悄然《しょうぜん》と黙り込む俺に、沙織《さおり》が口元を ω《こんなふう》 にして、

「京介《きょうすけ》氏、進展遅くないでござるぅ～？」

こ、この野郎、煽《あお》りやがって！

「普通こんなもんだろ！　つかな？　一度目のデートでは沙織《さおり》がずっとそばにいたし、二度目のデートでは黒猫《くろねこ》ん家《ち》に行ったから無理だし、三度目のデートは今日だろ！」

いつ『しろ』ってんだ！　へたれ男呼ばわりはやめてもらおうか！

全力で自分を弁護すると、黒猫《くろねこ》から白い目で見られた。

「ええ……」

だっておまえ、そういうの苦手そうじゃん。おまえがいいなら、俺としても……やぶさかではないというか……。ああいや、俺のそういう考えが……！　ぐおおお……！

「も、申し訳ござらん京介《きょうすけ》氏！　まさかそこまで真剣に苦悩し始めるとは……！　しかし安心めされよ。拙者、そんな京介《きょうすけ》氏と黒猫《くろねこ》氏のために、策を講じてきたのですぞ！」

「「策？」」

声を揃《そろ》えて問うと、沙織《さおり》は大きく頷《うなず》いた。

「左様。先日集まった際に、お話ししたではありませぬか」

「ああ」「あの件か」

俺と黒猫《くろねこ》は、すぐに分かったのだが、当日いなかった桐乃《きりの》が、

「あの件って？」

と、俺たちを見回す。

あんときは『ちょっとしたやり取り』って省略したが、沙織《さおり》に交際報告をした日、

――ぜひ、拙者にも〝運命の記述《デスティニー・レコード》〟を書かせてはいただけませぬか？

そんなことを言われたんだよ。

俺たちにとっての〝運命の記述《デスティニー・レコード》〟は、『相手とやりたいことリスト』だが、沙織《さおり》にとっては『俺たちにやらせたいことリスト』だ。

すなわち――――

沙織《さおり》は、桐乃《きりの》に、〝運命の記述《デスティニー・レコード》〟について解説した上で、こう続ける。

「拙者は、お二人にデートプランを提案したいのでござる」

「ふむふむ。……〝運命の記述《デスティニー・レコード》〟……かぁ。なるほどねー、いかにも黒いのが考えそーじゃん。それで沙織《さおり》は、今日、書いたのを持ってきた、と」

「はいでござる！」

沙織《さおり》がリュックから取り出したのは、袋とじになったルーズリーフだ。

それを受け取った黒猫《くろねこ》は、微妙な顔でぼやく。

「……これでは読めないじゃない」

「ふふふ、明日以降に開けてくだされ。いわば拙者からの『お題』でござる。それを実行していただくことで、奥手なお二方でも、健全なる進展が望めましょうぞ」

「いいけれど……なにが書いてあるのか、怖いわね」

絶対、沙織《さおり》の悪戯心《いたずらごころ》が仕込まれているよな！

まあ、それも込みで、楽しみにしておくさ。

なにせ沙織《さおり》からの『お題』なんだ。悪いことにはならんだろう。それこそ、絶対に、な。

「……ふぅーん」

俺たちの、そんなやり取りを見守っていた桐乃《きりの》は、なにやら考え込んでいる様子。

ふと顔を上げて、俺と黒猫《くろねこ》に向けて言う。

「ねぇ、その……デスノート？」

「〝運命の記述《デスティニー・レコード》〟」

「おう、〝運命の記述《デスティニー・レコード》〟さ。もう結構書いてあったりすんの？」

「おう、三ページくらい書いたぞ。今日は持ってきてねえけど」

「未完成だけれど、二十ページほど」

んあっ⁉　待て待て待て待て！　あの真っ黒いページが×20とな？

ゲームシナリオに熱中してたんじゃねーのかよ！　書くのが速すぎる……！

さらに――

黒猫《くろねこ》は、宝物を見せびらかすように、もったいぶった手つきで漆黒の魔導書《バインダー》を取り出した。

装丁《バインダー》まで完成しているだと……！

一枚ずつページを増やしていくって話だったじゃねーか！　一人で先走りすぎだろ！

目を丸くする俺をよそに、桐乃《きりの》が、黒猫《くろねこ》に向かって掌《てのひら》を差し出す。

「それ見せてよ」

「だ、駄目よ」

「はあ～？　そんな自慢げにされたら見たくなるじゃん。超気になっちゃうじゃん。なんで見せられないわけ？」

「…………恥ずかしいから」

ぼそぼそ呟《つぶや》きながら、俯《うつむ》いてしまう。

その仕草が、俺の心の琴線に触れてしまい、こちらまで顔が熱くなってくる。

……つか、気持ちは分かる。

この前、一ページだけ読ませてもらったけど、アレを友達とはいえ他人に見せるのは、照れくさいどころじゃねえ。俺が悶《もだ》えて死にかねん。

「悪いな桐乃《きりの》、こればかりは諦めてくれ……！」

俺と黒猫《くろねこ》、両者から拒否られた桐乃《きりの》は、

「ふーん」

と、意味深に目を細めた。

そこで表情が、雰囲気と共にがらりと変わり、にぃっと面白そうな顔つきに。

「じゃ、〝運命の記述《デスティニー・レコード》〟、あたしも一枚書こっと」


「は？」

ぱちくりと瞬《まばた》きする黒猫《くろねこ》にも構わず、

「――沙織《さおり》、書くものある？」

「おお！　きりりん氏も『お題』を作るのですな！　こちらをお使いくだされ！」

「『お題』ってか、まぁ、えーと……うまく言えないんだけどさ」

桐乃《きりの》は、沙織《さおり》からルーズリーフとペンを受け取り、俺たちに悪戯《いたずら》っぽい笑みを向ける。

「いいっしょ？　沙織《さおり》がオッケーなんだから、あたしだって、書いても」

「お、おう……そりゃあ」

「いいに決まっているけれど……」

「じゃ、決まりね」

桐乃《きりの》は、テーブルにルーズリーフを置き、ペンを構え、ぺろりと口元を舐《な》めた。

——なに書いてやろっかな～♪

そんな表情だ。ちらりと顔を上げて、

「書きながら聞くから、合宿の話、再開していいよ」

おっと、そういやその話をしていたんだったな。

ったく、盛大に脱線したもんだ。

「き、桐乃《きりの》……デートなのだから、『エロゲをしろ』とかは勘弁して頂戴」

「え～？　ど～しよっかなぁ～」

そうして——。

黒猫《くろねこ》は、再び、合宿の話を続けた。

ゲームシナリオ執筆のため、〝島の伝承〟について取材をしたこと。

夏の島を巡り、写真を撮り、歩き回って、よき非日常を体験してきたこと。

銭湯や駄菓子屋で、レトロな遊びに興じたこと。

朝のラジオ体操。堤防での釣り。砂浜で遊んだこと――等々。

そんな爽やかな思い出だけじゃなく――

「銭湯には……露天風呂《ろてんぶろ》があって、女湯と男湯の距離が近くて……」

「ちょ、黒猫《くろねこ》！　そんなことまで話すのかよ！」

「も、もちろんよ。……そうでなくては意味がないわ」

「自分が一番恥ずかしがってるくせに！」

――恋愛にまつわるアレコレも、赤裸々に語っていく。

それを、桐乃《きりの》や沙織《さおり》から、ツッコまれたり、からかわれたり。

はらはらする時間だった。それ以上に、こっ恥ずかしい会合だった。

『桐乃《きりの》に、俺たちの交際を認めさせる』。そのために、こうして長々と話してきたわけだが。

「……次が、最後の話よ」

ついに佳境へとたどりついた。

「その日の夜、島の神社でお祭りがあったの」

「さっき言ってた〝ひてん祭り〟っていうやつ？」

「皆で手伝ったというお祭りですな」

「ええ、そうよ。祭り当夜には、花火大会があって……そこで……」


「俺から、黒猫《くろねこ》に告白したんだ」

しん、と、場が静かになって。ややあってから、

「おぉ～」

と、沙織《さおり》が感嘆の声を漏らした。こいつにしては珍しく、頬が赤らんでいる。

沙織《さおり》だって、年頃の乙女だものな。

友達の恋バナに、初々《ういうい》しい反応を見せることだってあるだろう。

一方、桐乃《きりの》は、いつの間にか書き物を終え、真剣にこちらを見ている。

何度か口ごもってから、

「あんた、黒猫《くろねこ》のこと、好きだったの？」

「好きになったんだ、この半年で。合宿で一緒に過ごして、もっと好きになった」

だから告白したんだ、と。

黒猫《くろねこ》の父親に話したのと、同じだけの温度で妹に伝えた。

俺たちにとって、大事な相手だから。

すると桐乃《きりの》は、黒猫《くろねこ》に目を向けて、

「あんた、こいつのこと、どのくらい好き？」

「あなたと――いえ……そうね……」

黒猫《くろねこ》は、言いかけた回答を途中で止め、少し考え、改めて答える。

「いま先輩が死んだら、私も死ぬわ。そのくらい好きよ」

「……そ、そうなんだ」

分かっちゃいたが、重すぎる……。

桐乃《きりの》は、存分に引いてから、俺に問う。

「あんたの彼女、こんなこと言ってるけど、大丈夫？」

「大丈夫だ！　むしろ、そんなところも好きだぜ」

一瞬マジかよって顔をしちゃったけどな！

重すぎるところも含めて、俺の好きな彼女なんだ。

なら、受《う》け容《い》れなくちゃあな。

俺たち二人の答えを聞いて――

「そっか」

妹は、どこか寂しげな微笑を浮かべた。そうして言う。

「沙織《さおり》と、電話で色々話してさ……たくさん時間かけて、話してさ。そんで今日……あんたたちの話、聞いてさ。えと……その……言いづらいんだけど……」

「うん」

ゆっくり喋《しゃべ》っていいぞ。

話すのがへたくそな妹の言葉を、待つ。

桐乃《きりの》は、たっぷり言葉をさまよわせてから、

「あたし……あたしね？」

「兄貴と友達の恋バナとか、マジでキモ！　って思った」


「おい！　なんだそりゃ！」

これから、いい話をしますよ、みたいな雰囲気出してたくせに！

なんで出てくる台詞《せりふ》が罵倒なんだよ！　こういうとこ、マジで桐乃《きりの》だわ！

懐《なつ》かしさで胸がいっぱいだぜ！

「ふひひー」

桐乃《きりの》は、俺をバカにするように、口を大きく横に開いて笑う。

それから、ビシリと二本指を突きつけてくる。

指に挟まっているのは、ルーズリーフで作った袋とじだ。

桐乃《きりの》が書いた〝運命の記述《デスティニー・レコード》〟。

袋とじの表に、俺宛のメッセージがある――が、意味が分からない。

「それ、あんたに渡しとく」

「お、おう……」

なんだってんだ。

桐乃《きりの》は『どういうつもりだ』と、問い詰める隙さえ与えてくれない。

唯々《ただただ》不敵に言い放つ。

「認めてあげる、あんたたちのこと！」

「桐乃《きりの》……」

黒猫《くろねこ》が、親友の名を呼ぶ。桐乃《きりの》はそれに、優しい声で答える。

「あたしは、もう、あんまり日本にいられないから。こいつのこと、頼むね」

「……いいの？」

「分かんない！　だから――」

「よかったんだって、思わせてよね」

「…………任せて頂戴」

二人は、時間が止まったと感じるほど、長く見つめ合っていた。

いまの俺には、分からないやり取りだった。

桐乃《きりの》が書いた〝運命の記述《デスティニー・レコード》〟──

そいつを俺たちが読むのは、ずいぶん先の話になる。

■ore no imouto ga
konnani kawaii
wake ga nai⑯
kuroneko if

第三章

みんなでアキバに行った翌日の早朝。

午前五時に目が覚めてしまった俺は、洗面所で顔を洗い、部屋に戻るところだった。

ところが階段にさしかかったところで、二階から桐乃《きりの》が降りてきた。

妹は、俺の姿を認めるや、

「おー……オハヨ」

自分から挨拶をしてきた。力のない、しかしテンション高めの態度でだ。

「おう、おはよう」

俺はすぐに察したよ。オタク特有のアレだとな。

「ずっとゲームやってたのか？」

「あー……アニメ。一気に二十四話観《み》た」

「お疲れ。顔、洗ってこい」

「うぃー」

桐乃《きりの》は俺のわきを通り抜けて、酔っ払いみたいな足取りで洗面所へと向かう。

全力でオタク活動をした翌朝の図。

身体《からだ》は超疲れているのに、心はウヒヒと満たされている状態。

さてはこいつ……マジで日本にいるうちに、遊びまくるつもりらしいな。

と。

「あ、そだ」

桐乃《きりの》は、足を止めて、こちらに振り向いた。

「ちょっとそこで待ってて」

「あいよ」

……いまのこの会話さ、『これから兄妹《きょうだい》で軽く立ち話でもしようぜ』って意味だと思うじゃん？

当然、俺もそう思ったんだよな。

だが桐乃《きりの》は、顔を洗って、自分の部屋に戻って、それからさらに、たっぷり十分以上も俺を放置して、そんでようやく戻ってきやがった。

「お待たせ」

「長くね？」

この一言だけで済ませた俺って、我ながら寛容な兄貴だなって思う。

「は？『ちょっと待ってて』って言ったじゃん」

「……おまえと俺とでは、『ちょっと』の感覚に大きな差があるらしいな」

自分が待たされたときは、一分でもキレるくせに。

相変わらずで安心するぜこの野郎。

そもそも、なんで兄妹《きょうだい》で立ち話すんのに着替える必要があんだよ。

「つかおまえ、ずっと起きてたんなら、そろそろ寝るんじゃねえの？」

「いや、今日はあやせと遊ぶし」

「ハードスケジュールだなおい！　日本にいる間、ゲームやりまくってアニメ観《み》まくるって話じゃなかったか？」

「アニメも大事。エロゲも大事。あやせも大事。だから、ぜんぶやる」

「…………」

呆然《ぼうぜん》としてしまう。俺にだけ分かる、重い宣言だったよ。

エロゲと自分が横並びにされているって知ったら、あやせはブチキレるだろうがな。

「……身体《からだ》壊すなよ？」

「分かってるって。それはもうじゅ～～～ぶん考えてやってるから。シスコンは心配すんなっての」

「ならいーけどよ」

桐乃《きりの》は、そこでふっと笑んで、

「これがあたしなりの、充電だから」

「そか。あー……で、なんか話があるんだろ？」

「うん」

俺たちは、ようやく、当初の予定どおり一階の廊下で立ち話を始めた。

「あのね、お父さんたちにはまだ言ってないんだけどさ」

「………………」

重要な話になりそうだ。俺は居住まいを正し、妹の言葉を待った。

「あたし、将来、海外で暮らす」

「留学期間が終わっても帰ってこねえ……って、ことか？」

「うん」

「なんでだ？」

「色々——ごまかしてるわけじゃなくて、色々」

説明下手な妹は、悩みながら、言葉を選んでいるようだ。

「あたし、陸上、向こうで本気になって取り組んでさ」

「大活躍したんだろ？　すげー速いヤツに勝ったって、自慢してたじゃねえか」

「まーね、リアって子なんだけど……年下なのに、ほっんとすごいやつで……あたし、よくあいつに勝てたなーって思うもん」

「どんだけ強敵だったんだよ」

「人生で二番目くらいに強敵だった」

「一番は誰だよ」

「教えなーい」

べー、と、舌を出してバカにしてきやがる。

「あっそ」

「陸上本気でガンバってさ。絶対勝てないって諦めかけてたライバルにも……勝ったり負けたりできるようになってさ。——成果、出てきてるんだ」

「……すげえな」

本気で言った。もとより知ってたけど、改めて実感する。

俺の妹は、超すげーやつなんだって。

「へへ……あったりまえじゃん」

桐乃《きりの》は得意げに、にへらと笑う。

「じゃあ、陸上やるために」

海外で暮らすのか、と、俺はそう言いかけて、

「それだけじゃなくて。それもすごいあるけど、それだけじゃなくて」

桐乃《きりの》に割り込まれた。

「あたし、向こうにいたとき、超悩んだんだよね。『陸上の才能ないかも』、『もー駄目だー』って。……『これから、ど、う、し、よ、う』って。そんとき、将来のこと、改めて考えて……モデル事務所で言われたこととかも、色々、考えて……自分がやりたいことはなんなのかって、できることはなんだろうって、考えて…………そんでね。この留学の結果がどうなっても。うまく

いっても、いかなくても。やっぱ、将来は海外メインで活動することになりそう」

「……日本には」

「帰ってくるよ、もちろん。日本で暮らす期間だってあると思う。けど、ずっとはいない。そう決めた」


——あたしは、もう、あんまり日本にいられないから。


「自分で、そう、決めたのか」

「うん」

「じゃあ、止めらんねえな」

「ひひ」

歯を見せて、悪戯《いたずら》っぽく笑う。

その表情には、無邪気な子供っぽさと、大人びた覚悟が同居している。

「いつでも人生相談してこいよ。駆けつけるぜ」

「ばーか。あんたは、自分の彼女に全力出してろっての」

ばしん、と、背を叩《たた》かれる。

その痛みを、俺は、ずっと忘れなかった。

午前七時。桐乃《きりの》が帰ってきてから、高坂《こうさか》家の朝食は賑《にぎ》やかだ。

親父《おやじ》もお袋も、いま娘と交流しておかないと、次いつ会えるか分からんものな。

ほとんど眠っていないだろう桐乃《きりの》は、家族の団らんを、やはり全力で楽しんでいるようだった。

たいしたやつだよ、まったく。また差を付けられちまったようで、少々悔しい。

さて！　俺は俺で、やるべきことをやらなくっちゃあな！

お袋が腕によりを掛けて（朝から）作ったカレーで腹ごしらえを済ませ、俺は、五更《ごこう》家へと出発した。

そう、今日のデート、待ち合わせ場所は『彼女の家』。

いや、この言い方は正確じゃねーな。

だって俺が黒猫《くろねこ》本人と約束したのは、『午前十時に高校の正門で待ち合わせ』なんだから。

なのになんだってまた、こんな早くから彼女の家に向かってんのかっつーと。

「お！　高坂《こうさか》くん！　ふっふー、きたね！」

この御方との約束だ。

五更《ごこう》家に着くと、インターホンを押すまでもなく、外でなわとびをしていた日向《ひなた》ちゃんが、俺を迎えてくれた。俺は彼女と目線の高さを合わせて、

「おう、約束したからな。でも、本当にいいのか？」

「おっけーおっけー。ルリ姉《ねえ》まったく気付いてないし」

怪しいやり取りに聞こえるかもしれんが、これは別に『彼女の妹』と浮気《うわき》とかじゃなく（当たり前だ！）——説明するとだな。

昨夜《ゆうべ》、俺の携帯に日向《ひなた》ちゃんから電話がかかってきて、

——高坂《こうさか》くん、お姉ちゃんの、〝素〟の姿、見たくない？

——超見たい。

——じゃあ、明日の朝、八時頃にうちくるといいよ。

そんなやり取りがあったのだった。

急に訪ねて、黒猫《くろねこ》はびっくりするだろうが…………。

可愛《かわい》い彼女のそんな顔が見たい。悪戯《いたずら》めいた欲望が、俺を突き動かしていた。

「えーと、俺はどうすりゃいい？」

「うへへ、算段は整っておりますぜ、旦那」

日向《ひなた》ちゃんは、きらめく汗をタオルで拭い、悪徳商人みたいなことを言い出した。

玄関に駆けよって、扉を開け、ちょいちょい、と俺を指で招く。

「しー、静かにね。……上がって上がって。で、あたしに付いてきて」

「……あのさ、マジで大丈夫なのか？」

「この期に及んでなにゆってんだよー。高坂《こうさか》くんて、見た目どおりびびりだよね」

「悪かったな」

見た目どおりて。すげえ悪口ぶっ放してくんなこの娘《こ》。

——そんなに俺って、びびりっぽいか？

俺は若干へこみつつ、彼女の指示に従い、五更《ごこう》家の廊下を進む。やがて先導する日向《ひなた》ちゃんが、こちらを振り向き、にや、と笑って襖《ふすま》を開け、室内を指先で示す。

——中、見てみ？

そんなジェスチャー。

俺は、頷《うなず》き、彼女の隣に並び、こっそりと室内を覗《のぞ》く。

すると——

ジャージ姿の五更瑠璃《ごこうるり》が、洗い物をしていた。

「…………………」

いつも着ているゴスロリじゃなく、聖天使でもなく、制服でもなく、この前、手料理を振る舞ってもらったときの神猫《かみねこ》エプロン姿でもなく。

合宿で、俺が見惚《みと》れた純白のワンピース姿でもなく。

古びたジャージを着込んだ、あまりにも素朴な服装。

あの『黒猫《くろねこ》』には相応《ふさわ》しからぬ、庶民的な姿。

なのに、心を奪われた。

言葉を失い、放心してしまう。

「…………」

俺の目前で、俺の彼女が、家族のために洗い物をしている。

主婦のような――若奥様を思わせる格好で。

そんな様子を、どのくらい見つめていただろう。

隣の日向《ひなた》ちゃんが、『待つの飽きたよ』とばかりに、

「へーいルリ姉《ねえ》！　高坂《こうさか》くんきてるよ！」

ちょ、オマエがバラすんかい！

「ふえっ――」

洗い物を終えたばかりの黒猫《くろねこ》が、妹の声に肩をはねさせる。

それから、慌ててこちらを向いて、

「せ、せせせ、先輩っ？」

目を回す勢いでうろたえた。

その様子が愛らしすぎて、先の余韻もあって、返答が遅れてしまう。

「どうして……ここに………」

わたわたと身体《からだ》を揺する彼女に答えたのは、日向《ひなた》ちゃんだ。

「高坂《こうさか》くんが、『飾らない普段のルリ姉《ねえ》が見たい』ってゆーから、一肌脱いであげたんだ！」

「ひ、日向《ひなた》……あなたね……」

「どう？　どう？　高坂《こうさか》くん！　普段かっこ付けてるルリ姉《ねえ》は、家だと普段こんな感じでーっす！」

「あ、あぁ……」

そんなやり取りの間も、俺はジャージ姿の黒猫《くろねこ》から、目が離せない。

くらりと目眩《めまい》を堪えながら、

「……いい、と、思う」

「ば、莫迦《ばか》」

黒猫《くろねこ》は、真っ赤になって、俺を罵倒する。

「……あまり見ないで頂戴。こんな……ジャージだし……」

それがいいんじゃないか！

と、直接口に出しては言わないけれど。

ぎゅ、と、身体《からだ》を腕で抱いて、隠そうとする仕草に、ドキドキしてしまう。

日向《ひなた》ちゃんは分かっていて提案してきたのだろうか。

飾らない、素のままの五更瑠璃《ごこうるり》は、これほどまでに魅力的なのだ、と。

どうあれ、俺には致命傷だった。効果は抜群で、一撃で奈落まで堕とされてしまいそうだ。

少しでも気を抜いたら、いますぐ結婚を申し込んでしまいそう。

なのに黒猫《くろねこ》自身には、そんな自覚はないようで、『普段は見せない姿』を見せてしまったことを、唯々《ただただ》恥じらっている。

「……これは、その……動きやすいから…………悪かったわね」

まったく悪くねえよ。


洗い物が終わるのを待って、さて、これからどうしようか——ということになった。

「もともと十時に待ち合わせる予定だったし、学校まで移動する必要もないわ。当初の予定どおり、計画を進めましょう」

「今日のぶんの〝運命の記述《デスティニー・レコード》〟を見せ合うんだな」

「ええ……まぁ、詳しくは落ち着いてからね。こっちよ」

台所から移動すべく、黒猫《くろねこ》はそっけない声で移動を促す。

と、そこに日向《ひなた》ちゃんから、からかうような声がかかった。

「おっ、ルリ姉《ねえ》が彼氏を自分の部屋に連れ込もうとしているぞぉ～～～♪　高坂《こうさか》くん！　ごゆっくりぃ～♪　——あ痛ァ！」

赤面した黒猫《くろねこ》から、素早いチョップを脳天に喰《く》らう日向《ひなた》ちゃん。

「……ま、まったくっ。──先輩も、この子のお遊びに付き合うのはやめて頂戴」

「すまん。さっきのは俺もノリノリだったから、日向《ひなた》ちゃんばかりを責めないでやってくれ」

「……そ、そうなの？」

「ああ、おまえの〝素〟の顔、見たくてさ」

「……あなたといるときだって、〝素〟なのだけどね」

「『俺には見せてくれない顔』って意味」

「…………そのうちお返ししてやるから、楽しみにしていなさい」

黒猫《くろねこ》はぼそっと呟《つぶや》いて、頬を赤らめ、恨めしそうな顔をする。

あぁ、これは『俺にしか見せない顔』だ。

「そりゃ怖い」

と、そっぽを向く。

俺もまた、『彼女には見せられない顔』になっていただろうから。

色ボケた俺たちが再起動するまで、しばしの時間が必要だった。

そうして──。

黒猫《くろねこ》は、俺を自室の前まで先導し、振り返る。

「……ここが私の部屋」

「……そか」

――ルリ姉《ねえ》が彼氏を自分の部屋に連れ込もうとしているぞぉ～～～♪

さっき日向《ひなた》ちゃんが余計なことを言ったせいで、妙に意識してしまって。

俺も黒猫《くろねこ》も、ギクシャクしてしまっていた。

「は、入って頂戴」

「お、おう」

「で、でもあなたを部屋に招くのは、あくまで家の中で落ち着いて話せる場所だからという理由で――他意はないのよ。別に連れ込むとか、二人きりになりたいとか、そういう意図はなくて」

「分かってるって！」

超早口になりやがって。動揺しすぎだろ。

いや！　俺も動揺してるけどな！

別に黒猫《くろねこ》と密室で二人きりになるのは、これが初めてってわけじゃない。付き合う前、ゲーム制作で、黒猫《くろねこ》が俺の部屋に入り浸ってた頃、そんな機会は何度もあった。

あんときはあんときでドキドキしたが――。

今日ほどじゃあなかった。

何故《なぜ》か！

恋人同士だからだよ！　あんときと違って、彼氏彼女の関係だからだ！

付き合ってる者同士が、好き合ってる者同士が――『彼女の部屋』で二人きり！

これ！　この状況が致命的なんだって！

はっきり言えって？　いいだろう――本音を叫ぶとだな。

えろいことになるんじゃねえかと期待しているッ！　ちょっぴりだけな！

「ただ、日向《ひなた》ちゃんに呼ばれなかったら、校門で待ち合わせてやるはずだったことを、始めるってだけだろ。大げさに考えるな」

いまの俺は、言ってることと考えてることが、真逆だった。

すると黒猫《くろねこ》も、「そ、そうよね」なんて警戒を緩める。

実に危なっかしいやつだ。彼氏に対して無防備すぎる。

矛盾する思いを抱えながら、俺は『彼女の部屋』へと初めて足を踏み入れた。

畳敷きの和室で、五更《ごこう》家の他の部屋と、さほど印象は変わらない。

女子の部屋としては、少々簡素かもしれないな。

木製の机やタンス、本棚に姿見。座面の小さなパイプ椅子。あとはミシンくらいしかない。

猫の小物類が、辛《かろ》うじて女の子っぽいかな、という感じ。部屋の真ん中で、五更《ごこう》家で飼っているのだろう猫が、気持ちよさそうに眠っている。

「……へえ、ここがおまえの部屋か」

「……あまり、じろじろ見ないで頂戴」

「わり。でも、いい部屋だな」

「それが本音なら、解説を求めたいところね。——感想を言うのが難しいくらい、特徴のない部屋だと思うのだけど」

「そうか？」

特徴あるだろ。たとえば……。

「このミシンで、いつも服を作っているんだろう？」

俺は、年季の入ったミシンを見て、微笑《ほほえ》む。

「本棚は、漫画や小説の他は、創作の本ばかり。趣味丸出しなデザインのノーパソがあって、部屋の隅にはひっそりと化粧道具があって……五更瑠璃《ごこうるり》の部屋、って感じがする」

「…………詳細に解説されると、恥ずかしいのだけど」

おまえが解説しろって言ったよね？

黒猫《くろねこ》は、折りたたみテーブルを広げ、座布団《ざぶとん》を二枚並べる。

「座って頂戴。いま、お茶を持ってくるわ」

そうして俺たちは、向かい合って座り、お茶を飲む。

黒猫《くろねこ》から、恥ずかしさをごまかすように切り出した。

「さ、さて……先輩。今宵《こよい》の〝運命の記述《デスティニー・レコード》〟を開帳しましょう」

「いま朝だぞ」

〝今宵《こよい》〟というかっこいい響きだけで台詞《せりふ》を選んだろ。

「それが？」

「いや……」

おまえがいいなら……いいけど。堂々としたもんだな。

「それで、先輩の〝記述〟は？」

「もちろん書いてきたけどさ」

俺は、バッグからルーズリーフを取り出して、テーブルの上に滑らせる。

黒猫《くろねこ》が、それに目を落とした。書いてある内容は、

──五更瑠璃《ごこうるり》のことを、もっと知りたい。

──『彼女の部屋』を見たい。

「もう、今日の分は叶《かな》っちまったな」

「……そ、そのようね」

「だから、おまえの願いを叶《かな》えようぜ」

「……そうね、じゃあ……これを」

今日の黒猫《くろねこ》の〝願い〟は、

――伏せられた〝闇《なぞ》〟を明らかにしたい。

「……………………………………………………………………………………」


俺は、たっぷりと沈思し、結局分からず、本人に問う。

「なぁ、〝闇〟とは？」

「分からないの？」

「さすがに分からねぇわ」

すまんな、中二レベルの低い彼氏で。これから頑張って覚えていくので……。

「平易に言えば、私の抱いている疑問を晴らしたいということよ――桐乃《きりの》から、〝記述〟を預かっていたでしょう」

「ああ、その件か」

まあ、黒猫《くろねこ》からしたら、気になってるよなあ。

「あの袋とじを見て、先輩は不思議そうな顔をしていたわね。なんだったの？」

「先に言っとくと、中身は分からん。そんで、ええと、あれはな」

ううむ、と、あごに手を添え、答えに悩む。とりあえずは正直に。

「袋とじの表に、俺宛のメッセージが書かれてたんだ」

「どんなメッセージ？」

「あー……まだ秘密」

教えない、という意味の返事をすると、黒猫《くろねこ》は「む……」と、考え込んで、

「『袋とじを開ける条件』が書かれていたのね？」

切れ味鋭い推理を披露する。

「当たり。よく分かったな」

「簡単な推理よ。ただ、メッセージの詳細までは分からないわ」

「だろうよ。悪いが――」

「聞かないでおくわ。まぁ、あの女の考えることだもの。きっと、私たちをからかうための企《たくら》みなのでしょう。……っふ、ひっかかってあげるのが友情ね」

黒猫《くろねこ》はそう判断したようだ。

俺は答えなかった。

何故《なぜ》って、桐乃《きりの》が設定した条件を満たせそうにないからだ。

この袋とじ、間違いなく、開けないままで終わるだろうよ。

俺は、話を終わらせにかかる。

「えっと、これで〝闇〟は明らかになった感じか？」

「いえ、あとひとつあるの。沙織《さおり》から託された〝記述〟があったでしょう」

「あ、そうだったな」

「あれを開けてみない？　あちらは面倒な『開封条件』などなかったのでしょう。自分で『お題』と言うくらいだから、きっと沙織《さおり》が私たちに『させたいこと』が書かれているはず」

「つーか、気になるよな」

「ええ」

桐乃《きりの》の〝記述〟が開けられないぶん、沙織《さおり》の〝記述〟で好奇心を満たしたい。

俺も黒猫《くろねこ》も、そんな気持ちになっていた。

「じゃあ、さっそく」

黒猫《くろねこ》がバインダーから、沙織《さおり》の書いた袋とじを取り外し、テーブルの上に置いた。それから、はさみを持ってきて、のり付けされた部分を切っていく。

そうして現れた〝記述〟、沙織《さおり》からの『お題』は——


——カップルらしく、遊園地で楽しく遊ぶ。

——チケットを同封しておきますね。


めちゃくちゃ沙織《さおり》らしい、気遣いと優しさに溢《あふ》れたものだった。

翌日、午前七時四十分。待ち合わせ時刻の二十分前。

千葉駅前へと到着した俺は、モノレールの改札へと続くエスカレーターのそばで、彼女を待っていた。

「……ったく、桐乃《きりの》のやつめ」

俺は、黒猫《くろねこ》と待ち合わせているのに、妹に対して文句を言う。

なぜかっつーと、出かけ際に、桐乃《きりの》とこんなやり取りがあったのだ——。

——あんた、今日、彼女とデートなんでしょ？

——ああ、そうだぞ。

——んじゃ、あんたの服、あたしがコーデしてあげる。

——は？　なんで？？？

本気で意味が分からなくて、そう問うと、桐乃《きりの》は、やれやれみたいな上から目線で言う。

——あたし、この前、あいつに服をプレゼントしたじゃん？　あいつは今日、それ着てくるから、合う服を見繕ってあげるっつってんの。

余計なお世話だ！　とも思ったが、続く台詞《せりふ》で——

——そうした方が、彼女がもっと可愛《かわい》くなるよ。

気が変わった。黒猫《くろねこ》の親友で、人気読モ様のお言葉だからな。

——……そういうもんなのか？

——そうそう！　あたしの言うコト聞いときなさいって！

大人しく、着せ替え人形になってきたさ。なんでこんな服しか持ってないの——とか、ごちゃごちゃ文句言われながらな！

ってわけで、いつもと比べて一割くらい男前（桐乃評《きりのひよう》）になっている俺は、愛《いと》しの彼女に思いを馳《は》せる。

……あいつ、どんな服を着てくるのだろう。

桐乃《きりの》が選んだってことは、普段のゴスロリとは大分違う系統になるとは思う。『今日の俺の服装』と合うやつ——なんだろうが、正直言って分からない。桐乃《きりの》にも聞いてみたが『会ってのお楽しみ』と、教えてはくれなかった。

「…………………………」

そわそわと身体《からだ》を揺らす。

もう、付き合ってから何度目かのデートだってのに、まるで慣れる様子がねえな。

毎回、初デートみてーに緊張する。わくわくする。

あっちも同じだと、いーけどな。

と。

俺は無意識に、目の端に映った人物へと視線を向ける。

黒猫《くろねこ》だ——と、確信があったわけじゃない。ごくごく自然に、目を奪われた。

「……お待たせしたわね」

「……いま来たところだ」

目と心を奪われたまま、返事をした。

黒猫《くろねこ》は、普段と比べて、がらりと印象が変わっていた。

まっさきに目を引くのは、目深《まぶか》に被《かぶ》っている帽子《キャップ》だろう。全体的にボーイッシュにまとめられたコーディネイトは、彼女自身が選ぶことのないものだ。

もちろん俺も、こんな黒猫《くろねこ》は初めて見た。

「その服——」

「ええ、あのとき、桐乃《きりの》から贈られたものよ。その……どうかしら、自分では……分からなくて」

こういう服を着たことがないから、自己評価がしにくい。

だから神猫《かみねこ》——聖天使の衣のように、自信たっぷりとはいかないってわけか。

俺は、改めて黒猫《くろねこ》の全身を眺め、

「すげー新鮮。そういうカッコもいいな」

ボーイッシュな服装に応えるように、快活な声で評した。

「私には……あまり合わない服だと……思うのだけど」

「あぁ、そりゃ確かに。おまえのイメージとは違うわな」

「……そうでしょう?」

と、俯《うつむ》いてしまう。

服装に反して、自信なさそうに言うものだから、つい、笑っちまったよ。

ったく、相変わらず自己評価の低いヤツだ。

よーし、そっちがそのつもりなら、こっちにも考えがあるぞ。

俺は、黒猫《くろねこ》の顔に、自分の顔を近づける。

でもって、帽子のつばを軽くつまんで上向かせた。

「なーんで顔を隠しちゃうんだよ」

「だって……」

「いつものカッコも、イメージ違う服も、どっちも最高だって。おまえの彼氏でよかった。隣を一緒に歩けて、光栄だぜ」

ひたすら褒めまくってやろう。

俺だって恥ずかしいが、俺の彼女を卑下するやつは、彼女自身だろうと許すわけにはいかん。

すると黒猫《くろねこ》は、唇を波打たせて、激しく照れる。

「……ほ……っ……褒めすぎよぉ……っ」

「いいや、ぜんぶ本音だし、言い足りないくらいだ」

「…………………………」

黒猫《くろねこ》は黙り込んでしまい、どんどん赤面していく。

ぼそっと一言。

「…………なら、この服を選んでくれた桐乃《きりの》に感謝ね」

「……あー、だな。仕方ねえ、今回ばかりは、俺もあいつに感謝しとくか」

「もう……」

素直じゃないんだから、というニュアンスで、呆《あき》れた声を漏らす黒猫《くろねこ》。

それから、

「……あなたも、格好いいわよ」

「……さんきゅ」

カウンターされた。ぐらりと意識を失いそうになってしまう。

「これも桐乃《きりの》に選んでもらったんだ。おまえの服と合うからって……」

まずい……こっちが攻め手に回らねば、ノックダウンされてしまうぞ——なんて。

落ち着いて考えるとよく分からん理屈に支配されていた俺は、「そういやさ」と話を変え、
起死回生の反撃を試みる。

「今日は……じゃねぇな。いまから、おまえのこと、瑠璃《るり》って呼ぶわ」

「えっ……？」

黒猫《くろねこ》は、カラコンの入っていない両目を大きくして、

「ど、どうして急に……名前で呼び合うのはまだ早いって……そう話したでしょう」

「いや、だってさ」

俺は、理由を説明する。

「沙織《さおり》は、俺たちの関係を進展させるための策だっつって、『お題』を書いてくれたんだろう。その気持ちを無駄にしたくないっつーか、自分たちでも努力しなくちゃって、思うんだ。このデートが終わって、次に沙織《さおり》に会ったときさ、きっと聞かれるぜ？」

――京介《きようすけ》氏、黒猫《くろねこ》氏、拙者が講じた策は、どうでしたかな？

――お二人の関係を進展させる、お役に立てたでしょうか？

「――ってな。そんとき、『ばっちりだった』って礼を言いてえんだよ」

「…………………」

黒猫《くろねこ》は、俺の言い分をしっかりと聞いて、目を閉じ、開く。

決意の表情でうなずいた。

「なら、私も……京介《きようすけ》、と、呼ぶわ」

「おっ……と。そうくるか」

依然として、彼氏彼女の攻防が続いている。

どちらがより相手を照れさせるか。そんな勝負になりつつあった。

「いい加減、恥ずかしがってばかりいられないもの。——ね、京介《きょうすけ》？」

「…………ああ」

ドキン、と、彼女の不意打ちが俺を硬直させる。

俺は、歯を食いしばって堪え、やり返すように右手を差し出す。

「おし、行こうぜ——瑠璃《るり》」

俺の手に、おずおずと彼女の指が絡《から》まって、

「はいっ」

二人並んで歩き出す。

沙織《さおり》にケツを叩《たた》かれた形だが、今日のデート、なかなかハードな試練になりそうだぜ。

俺と瑠璃《るり》は、モノレールに乗って、まずは千葉みなと駅へと向かう。

千葉の空を軽快に走るモノレールは、他の交通機関と到着時間に差が少ないなら、つい利用してしまう魅力がある。懸垂式の車両は近未来めいていて、アニメの景観としてもよく使われているそうだ。

並んで座り、雑談をする。

「まさか、デートで遊園地に行くことになるなんて。我が魔眼《まがん》を以《もっ》てしても、想定していなか

ったわ」

「おまえ、最近、目が赤くないことの方が多いじゃないか」

色んな事情があって、俺の前で、ゴスロリ以外の服を着ていることが増えたからだ。

魔眼《まがん》も邪眼《じゃがん》もないだろう。そういう意図を伝えると、彼女はむくれて見せる。

「茶化さないで頂戴。私は、デートの予算についての話をしているのよ」

「悪い。デートの予算ね……高校生には切実な問題だよな」

特に彼氏がバイトしてなかったりすると、余計にキツい。

遊園地でデートをする。

漫画やらアニメやらゲームやら、創作の主人公たちは、気軽にホイホイ行っているイメージあるよな。俺もなんとなく、彼女ができたら遊園地でデートするんだろうなーって考えてたんだ。

でもさ、実際に彼女ができて、夏休み中、何度もデートするって話になって、予定を組み始めたらだよ？

「金がねえんだ」

「そうよ」

俺たちは、重々しくうなずき合った。

「合宿行ったばっかだってのも原因だぜ。あれで貯《た》めてた金、わりと使っちまったし」

「暗黙の了解で、近場でのデートを繰り返していたわよね」

「外食とか一切しなかったよな」

高校生カップルの世知辛い事情が、そこにはあったのである。

沙織《さおり》がチケットをくれなかったら、遊園地デートなど選択の候補にも挙がらなかったはずだ。

「今日も、極力節制するわ。まだ夏休みは残っているのだから」

「分かってる」

しっかりしている彼女さんで頼もしいぜ。

これがどっかの誰かさんだったら、『はあ？　お金ないとかマジ？　だっさ』くらいのことは言うからな。さんざんこっちを罵倒したあとで、金払ってくれそうな気もするが。

「ただ今日は、財布のひもを少し緩めるぜ。せっかくなんだからな」

これだけは言っとかねーと、俺があとで困るのだ。

「それもそうね。ほどほどに考えて使いましょう。そうだ――いまの話と関連して、報告しておくことがあるわ」

「……なんだ？」

仰々しい言い方するから、身構えてしまうんだが？

瑠璃《るり》は、バッグから包みを取り出して、膝の上に置いた。

「お弁当を作ってきたの。園内に飲食物の持ち込みができる場所があるそうだから、よかったら、そこで食べましょう」

「おお！　楽しみだぜ！」

外食での出費がなくなったし、デートらしいイベントにもなる。瑠璃《るり》の良判断といえよう。ただまぁ、材料費を出すと言っても受け取ってくれないだろうから、そこは考えなきゃならねえな。


モノレールから電車に乗り換え、待ち合わせ場所から一時間もかからずに目的地へと到着した。

時刻は午前九時――ちょっと前。

今日もよく晴れていて、絶好のデート日和。俺たちは、白く端整な顔を見せる入園ゲートの前で、立ち止まり、周囲を見回した。

「結構混んでるなー。夏休みの遊園地って、こんなもんか？」

「さあ？　分かるわけないでしょう。私にとってここは敵地《アウェイ》よ。これ以上ないほどにね」

瑠璃《るり》は、うっすらと笑いながら、〝リア充の巣窟《そうくつ》〟……〝忌《い》むべき場所〟……などと呪いを呟《つぶや》いている。実に彼女らしい様子だが……こいつは分かっているのだろうか。

「今日は、俺もおまえも、リア充の仲間だぞ。遊園地に、カップルでデートしにきたんだから」

つないだままの手を軽く挙げてやると、瑠璃《るり》は、きゅ、と力を込めて握ってきた。

「……っふ……いまの私は……かつての私が忌《い》むべき存在へと堕してしまったのね」

かっこいい台詞《せりふ》なのに、頬が緩んでいるせいで、いまいちしまらない。俺の顔もしまらない。

沙織《さおり》からもらったチケットで入園ゲートを通過すると、着ぐるみのマスコットが馴《な》れ馴《な》れしく寄ってきて、パンフレットを手渡してくれる。

賑《にぎ》やかなBGMの中、左右に土産屋が並ぶ広い道を歩いていく。

どこを見てもカラフルで、賑《にぎ》やかで、いかにも遊園地！　って感じの景色。

「さあて、どっから回る？」

パンフレットの地図を開き、隣の瑠璃《るり》に問う。

「回る順番はともかく、ジェットコースターや観覧車といった定番のアトラクションには乗ってみたいわね」

「おっ、乗り気じゃないか」

「っふ……遊園地のアトラクションなんて、子供じみていて、私の趣味ではないのだけどね。せっかく沙織《さおり》がチケットを贈ってくれたのだし、ノベルゲーム作りの取材にもなるし……」

ニヤニヤしながら言い訳を始める瑠璃《るり》。

表情と台詞が合ってねーぞ。おまえ絶対、アトラクションを楽しみにしてるだろ。

ったく、しゃーねえな。童心に帰ってはしゃぎたいのに素直になれない彼女のために、一肌脱いでやろうじゃねえの。俺は、ハイテンションな声を張り上げる。

「瑠璃《るり》、定番のアレ買おうぜ！」

俺が購入したのは、ウサミミのカチューシャだ。遊園地では定番のアイテムで、道行く子供たちがみんな頭に付けている。

「京介《きょうすけ》……これは、いくらなんでも……はしゃぎすぎじゃないかしら？」

「んなことねえって」

「……少々恥ずかしいのだけど」

ええ……？　私服でネコミミ付けてるのに？

なにが違うってんだよ。相変わらず難解な彼女様である。

だが、ここは踏ん張りどころだ。瑠璃《るり》にはここで、羞恥心を吹っ切ってもらうぜ。

その方が楽しいもんな。

俺は、我ながら似合わんウサミミを付けながら、

「一緒に付けて周りたいんだ。頼むよ」

「そこまで言うなら……仕方ないわね」

と、キャップを脱いで、ウサミミを頭に装備する瑠璃《るり》。

さすがはケモミミが世界一似合う女。

可愛すぎる。

さっそくツーショット写真を撮ると、ようやく瑠璃《るり》は、羞恥心を捨て去る決意をしたらしい。

「ククク……こうなったら、覚悟を決めて、普段はできない体験をして帰るわ」

「そうこなくっちゃな。ってか、遊園地で遊ぶのに覚悟が必要なのかよ？」

「そうね、所詮、私とは相容れぬ場所だから。見なさい京介《きょうすけ》。楽しげな楽曲がかかり、どこを見てもカップルと家族連ればかりで、皆が幸せそうに笑っているわ。……周囲のすべてが、此処は光属性の地であると主張している。闇の眷属たる我等には辛い場所よ」

ウキウキの表情から一転、周囲のノリにうんざりと肩を落とす瑠璃《るり》。

おいおい、入ったばっかなのに疲れてんじゃねーか。ほんとに苦手なんだな、こういうところ。

「そこにベンチあるし、ちっと座って考えようぜ」

遊園地に入って、まずはどこで何をするか——。

俺たちが選んだのは、ベンチで休憩。

なんとも闇の眷属らしいいい初手だったよ。


異世界ファンタジーめいた街並みの中、ベンチに並んで座り、パンフレットを二人で眺める。

「よーし、好きなアトラクションを選んでくれ」

「それなら……まずは、ここね」

瑠璃《るり》が選んだのは、フォーチュンエリア。いわゆる『占いアトラクション』が、たくさん集まっている場所だ。

「おまえ、占い好きだもんな」

「ええ」瑠璃《るり》は頷《うなず》き、「もちろん、私が学んできたような本格的な占いではないでしょうけれど……っふ……あくまでエンターテインメントとして、興味があるわ」

遊園地のアトラクションにマウントを取っていく瑠璃《るり》。

得意分野だと、こういうところあるんだよな。そんなところも微笑《ほほえ》ましくて、好ましく思う。

「そういや、合宿でも、恋占いをしたっけ」

「……………そう、だったわね」

当時を思い出して、恥ずかしくなってしまったのだろう。彼女の声が小さくなる。

そう、あの日、ミステリアスな喫茶店で恋占いをして――――――…………

どんな結果が出たんだっけ？

妙にうろ覚えになっているのだが、幸せな印象だけが残っている。

きっと、幸せな未来を教えてもらったのだろう。

「あんときの占いが当たるよう、頑張ろうぜ」

「…………莫迦《ばか》」

すねたような声を漏らし、瑠璃《るり》はそっぽを向いてしまう。

「というか、自分で『占いどおり』になるよう、当てにいくのはどうなのかしら？」

「占いって、そういうもんだろ。占ってもらって——悪い結果が出れば、外れるように頑張る。良《い》い結果が出れば、当たるように頑張る。それでいいじゃねーか」

「あなたらしい考えね」

「駄目か？」

「いいえ、好きよ」

「…………ばか、おまえ」

顔が熱くなってくる。

そんな俺を見て、瑠璃《るり》は『やり返してやったわ』とばかりに、ククク笑っていた。


俺たちは入園ゲートから、東へと歩き、やがて目的地へと到着した。

フォーチュンエリアは、『魔法使いの館』を模した建物だ。

受付を済ませ、館に入る。短い通路を抜けると、石造りの部屋に出た。もちろんイミテーションなのだろうが、なかなかよくできている。本物の『魔法使いの館』っぽい。

薄暗いが、ぼんやりとした光源があちこちにあり、各部屋《アトラクション》へと続く扉を照らしている。

扉には、雰囲気を損なわない程度に分かりやすく、

『星占い』『タロット占い』『魔法の水晶玉』『姓名判断』『記念写真』

——などといった看板が出ていた。

瑠璃《るり》は、珍しく俺の手を引っ張って、

「さぁ京介《きょうすけ》、行きましょう」

「どの占いをするんだ？」

「ぜんぶ回るのだから大差ないわ」

「了解。じゃ、近くの扉からな」

ノリノリじゃねーか。ほんっと、オカルト好きだよな、こいつ。

ってわけで、『星占い』の扉を開けたのだが、俺は少々がっかりした。

中に占い師が控えているわけじゃなく、占いマシンが設置されているだけだったからだ。

このぶんじゃあ、他の扉も同じだろう。ウキウキしていた瑠璃《るり》の反応が怖いぜ。

そっと彼女の様子をうかがうと、依然として目を輝かせたままのオカルト大好き少女がそこに。

「ほら、どうしたの？　京介《きょうすけ》」

「あ、いや……機械の占いだけど、おまえ的にアリなのかなって」

「ふふ、私が、がっかりしたかもと気遣ってくれたのかしら？」

「あー……まぁ……」

言葉をにごす俺に、瑠璃《るり》はこう言った。

「アリよ」

「マジで？　意外だな」

　機械には魔力がないからダメとか、そんなふうに言うかと思った。

「占いには、知識や技術も大事だもの。下手な人間より、上手な機械の方が、良《い》い占いをすることもあるわ」

　……上手な機械ってなんだよ？

　アレか、正しい占いの方法とか手順を基に、作られてるとか、そういう。

「私に占いを教えてくれた先生が、そう言っていたの」

「先生？　占い教室の——とか？」

「祖母の友達よ。まだ祖母が生きていた頃、うちに遊びにくることがあって。たまに、教えてもらっていたの」

「へえ」

　オカルト大好き中二病少女の芽は、案外それがきっかけで育まれたのかもな。

「もっとも、先生いわく、私には才能がなかったようだけど。それでも『占いは知識や技術も大事だから、あなたもちゃんと勉強すれば、良《い》い占い師になれるわ』——と」

　五更瑠璃《ごこうるり》には、占いの才能がない。

　子供に対して、なかなか厳しいことを言う人だったんだな。

　だからこそ、本気の指導だったのかも、と、想像できる。

「あぁ、そういえば……夏休みに入る前、先生と久しぶりに会ったのよ。あなたとの関係について、占ってもらおうと思って」

「え」

いきなり話の重要度が上がったぞ。

「千葉中央駅のそばに、占いの館があるのを知っている？　そこが先生のお店なの」

「へぇ……どんな占い結果が出たんだ？」

「〝周囲の人々に恵まれる〟って」

「当たってるじゃん」

「そうね」

俺たちは笑い合う。

俺たちが付き合うことになったのは、色んなやつらの後押しがあったからだものな。

部長や瀬菜《せな》を初めとするゲー研の連中。

五更《ごこう》家の人々。

沙織《さおり》。

そして、桐乃《きりの》も。

たくさんの顔が脳裏に浮かんだ。

「こりゃあ本物だな――俺も占ってもらいてえから、今度一緒に行こうぜ」

デートのネタ出し半分、本音半分で言ってみたのだが。

瑠璃《るり》は、首をゆっくりと横に振る。

「残念だけど、先週の末に、店を畳んでしまったの。『もう歳《とし》だし跡継ぎもいないから』って。『最後に瑠璃《るり》ちゃんを占えてよかった』とも、言っていたわ」

「そっか……なら、仕方ねえやな」

「実は、スカウトされたのよ。よかったら、自分の代わりに、この店で占い師をやらないかって」

「すげえじゃん！　本物の占い師に認められたってことだろ？」

あれ瑠璃《るり》さん、もしかして就職内定っすか？　三年生の俺よりも先に？

「光栄な話だったわ。……断ってしまったけど」

「え、なんで？」

やっぱ、職業として不安定だから？

「この私に、占い師などというコミュニケーション重視の職業が勤まると思う？」

「………………」

なにも言い返せんかったわ。

そうね、としか言えない。

「……それに、いまのアルバイトをやめたくなかったし」

「え、おまえバイトしてんの？」

「ええ……その、本屋で」

「初耳だぞ！　どこの本屋？」

「商店街のすみに……個人経営の小さな古本屋があるでしょう？」

「……そんなのあったか？」

「……目立たないお店だから。だからこそ、私でも勤まっているのだけど」

「俺、行ってもいいか？　おまえが働いているときに」

控えめに問う。嫌がられるかも、と、心配だったから。

だけど瑠璃《るり》は、「もちろんよ」と返してくれる。

「……私の〝記述〟に、書いてしまったもの。私がアルバイトをしているときに、あなたが客として来店すると」

つまり瑠璃《るり》としても望むところ、って、こと？

あえて彼氏にリクエストすることだろうか、と、首をかしげていると、それを察した彼女が、

「彼氏には、私のことを――もっと、知って欲しいもの」

「……おう」

疑問に思った俺がバカだった。俺が『瑠璃《るり》のバイト先に行きたい』って思ったのも、彼女のことをもっと知りたいという欲求からだったってのにな。

「じゃあ、約束だ」

またひとつ、〝二人の運命〟が埋まっていく。

思ったとおり、〝運命の記述《デスティニー・レコード》〟ってのは、面白い試みだ。やってよかったな。

ちなみに占いマシンによる『星占い』の結果は、多少省略させてもらうが、

〝ごく近い未来、二人にとって大きな出来事が起こるだろう〟

〝炎と共に、始まりと終わりがあるだろう〟

〝危険が迫る。今日から明日にかけて怪我《けが》に注意〟

――と、出た。

なにやら謎めいた感じの文章だ。

正直、意味が分からんが、瑠璃《るり》が興味深そうに頷《うなず》いているから、まぁよしとする。

ふぅむ……三つ目の記述は、ちょいと不安を煽《あお》ってきやがんな。

おみくじみたいなもんだから、普段なら、さして気にも留めない内容。

だが――

「あらあら、京介《きょうすけ》、画面のここ……〝冥王星《プルート》〟を見て頂戴。私たち、死の暗示が強く出ているわ」

「嬉《うれ》しそうに言うなよ！　俺たちのことだぞ！」

「あなたと一緒なら、来世に旅立つのも悪くないかなって」

「重いわ！」

隣にこいつがいるからなあ。

今日から明日にかけて、ね。オーケイ、全力で注意するぜ。


その後――

『星占い』に続いて、『タロット占い』『魔法の水晶玉』『姓名判断』と巡っていく。

「おっと、〝もうすぐ二人の絆《きずな》が深まりそう〟だってよ！　やったな！」

「遊園地の占いなのだから、ターゲットが喜ぶ結果が出るのは当然でしょう」

「さっきの『星占い』は、超不吉な感じだったじゃねーか」

「……それもそうね。カップルに対する配慮はない、ということかしら」

というやり取りがあったあとすぐ――

「……こっ……〝子宝に恵まれる〟って」

「このセクハラマシン！　学生カップル相手に、なんつー結果を出しやがる！」

めちゃくちゃ気まずい結果が出て焦《あせ》ったり。

そんなこんなで、俺たちは、館内の記念写真コーナーへとやってきた。

入園ゲートにいたものとはまた違う着ぐるみマスコットが、一緒に写真を撮ってくれるというものだ。コスプレ衣装も用意されていて、希望者はそれを着ることもできるらしい。

「コスプレをして写真を撮るなんて……少々恥ずかしいわね」

「………」

おまえって、毎日コスプレしているようなものでは？

俺は、そんなツッコミを口にすることはなかった。

「お次の方、こちらへどうぞ！」

着ぐるみではないスタッフに促され、俺たちはそれぞれ更衣室へ。

俺は幾つかの衣装から、オススメだという『騎士』を選び、再び瑠璃《るり》と合流する。

瑠璃《るり》が選んだ衣装は、『魔法使い』。

とんがり帽子とローブ、それに樫《かし》の杖《つえ》。

俺は苦笑して言ったものだ。

「似合いすぎだろ」

「クク……そうでしょう。やはり私には闇属性の装備が合っている、ということ……」

す、と攻撃呪文を放つかのように杖《つえ》を構える。

それがあまりにも堂に入っていて、カメラを構えたスタッフから本気の溜息《ためいき》が漏れた。

ふと、俺の肩を叩《たた》くものがあった。

着ぐるみのマスコットだ。

彼？　は、つぶらな瞳を俺にむけ、意味ありげに頷《うなず》いてみせる。

――プロってすげえな。これだけで、なんとなく言いたいことが伝わってくるんだから。

俺は歯を見せて笑い――

「瑠璃《るり》」

「え？　きょうす――きゃ」

騎士らしく、お姫様を抱き上げた。

まぁ、着ている服は、魔法使いのものだけどな。

そうして、ふたりと一匹で撮影する。

親父《おやじ》から借りたカメラに残ったその写真は、なによりの記念になるだろう。


フォーチュンエリアを出て、すぐそばの列に並ぶ。

二十分待ちのアトラクションだ。洋風の城をモチーフにしたジェットコースターで、園内でも人気があるらしい。つっても、お子様も一緒に乗れる軽めのやつらしいけど。

「まったくあなたは……私がせっかくポーズを考えたというのに……きっと、変な顔で写ってしまったわ」

「悪い悪い。でも、いい表情だと思うぞ。見る？」

デジカメをいじりながら問うと、「見ない」と、ご機嫌斜めな声。

「……塩飴《あめ》いるか？」

「大丈夫だ！　俺が隣にいるから！　大丈夫だぞ！」

俺は彼女の手を強く握りしめ、ひたすら励ますしかなかったのである。


ようやくコースターが停止し――。


ぐったりと前のめりに突っ伏す、瑠璃《るり》の姿があった。

「……こ、こんな悪魔の乗り物に、子供を乗せていいはずがないわ」

「そうだな！　そうだな！　……肩貸すから、降りたら休憩しよう、な？」

「はぁ……はぁ……ふぅ……も、もう二度と乗らない。絶対に、一生、乗らないのだから……」

さすがに苦笑してしまったよ。


その後も瑠璃《るり》は、ジェットコースターのダメージがなかなか抜けきらないようで、しばらく足取りが怪しかった。

よってペースダウン。

じゅうぶんな休憩を挟んでから、ティーカップなど軽めのアトラクションで遊んだり、園内をのんびり散策して過ごす。

昼時になり、ピクニックエリアとやらでお弁当を食べることに。

ピクニックエリア。某遊園地の同名施設と同じように、テーブルや椅子が並んでいるスペースなのかなと思いきや、そうではなく。

広々とした草原。そんな趣の場所だった。

イミテーションの丸太ベンチやテーブルなどがある他、エリア入口の売店で、飲み物やレジャーシートなどが売っている。

俺たちは、特に何も買うことなく、まばらに生えた木の下に、瑠璃《るり》が持ってきたレジャーシートを広げて座った。

「こりゃ、気分いいな」

「そうね……闇の眷属《けんぞく》たる私も、いまや光へと〝転生《クラスチエンジ》〟した存在。太陽の心地よさ……悪くないわ」

「風に飛ばされないよう、シートの四隅に石を置こうぜ」

「あなた最近、私のこういう発言に、一切動揺しなくなってきたわね。もちろん好ましい変化ではあるのだけど、完全スルーはどうかと思うの」

「頑張って適応した結果じゃん！」

「あなたも同じノリで応答する。それが真の適応よ？」

「毎回は無理！」

中二台詞《ぜりふ》なんて瞬時に思いつかねえわ。

この流れはまずいな……。話を変えよう。

「そういや、体調はもう大丈夫なのか？」

「ええ、醜態をさらしたわね」

「無理はするなよ、マジで。デートより、おまえの方が大事なんだからな」

話をそらすための話題だったが、これは本音だ。

「まったく……心配性ね」

瑠璃《るり》は照れたように俯《うつむ》き、耳先を赤くする。それを悟られまいとするかのように、そそくさとバッグから弁当箱を取り出した。小さめのバッグでも収納できる、縦に三段積める形状のものだ。

「ほら、食べて頂戴──彼氏のために、作ったのだから」

彼女の手によって、そっと蓋が開かれる。

まず現れたのは、おにぎり。ひとつひとつは小ぶりで、可愛《かわい》らしい印象。

「縦に海苔《のり》が巻いてあるのが、鮭《さけ》。横に巻かれているのが、たらこ。海苔《のり》が猫型になっているのは、おかかよ」

「おぉ～……いただきます！」

「ええ、召し上がれ」

「じゃあ、せっかくだから、この猫おにぎりから」

ぱくり、と、一口。

「美味《うま》い」

自然と言葉が、口を衝《つ》いて出た。おせじなんか必要ない、ナチュラルな感想。

瑠璃《るり》は、ふんわりと、慈母の笑みを浮かべる。

「そう、良かったわ。他にも色々作ってきたから……」

と、二段目三段目の蓋を開ける。

からあげ、たまご焼き、赤ウインナー、アスパラの肉巻き……などなど。

『男子が絶対に大好き』なこんだてのオンパレードに、俺は絶賛の声を上げる。

「おお！　いいじゃんいいじゃん！」

「……やはり、この方向性で正しかったようね」

「なにが？」

からあげをフォークで口に運びながら問うと、

「私はね。お弁当というものは、彼氏へのアピールの場であると認識していたの」

「ふむふむ」

まぁ、そういう側面はあるかもな。

「だから、私の料理の技倆《ぎりょう》が一目で分かる——そういうこんだてを揃《そろ》えるべきだろうと考えたのよ。得意な和食で、魚と野菜を中心に……と、そんなふうにね」

「あー、そうしてたら、俺、『次は肉を多めに頼む』とか、言ってたかも」

「でしょう」

「なんで考えを変えたんだ？」

「お弁当の買い物に、父が付いてきて、『高校生の男子に食べさせるなら、そのこんだては良くないと思うよ』と」

グッジョブ義父上。

「その場ではかちんときたのだけど、結果的には、いいアドバイスだったようね」

「めちゃくちゃ彼氏にアピールできてるぞ」

「本当に？」

「ああ」

瑠璃《るり》は口癖のように、『私でいいのか』という確認をしてくる。

自分に自信がないのかもしれない。

だから、俺は何度だって、全力で彼女を肯定するんだ。それが彼氏の役目だと思うから。

もちろん心からの本音で、

「俺、瑠璃《るり》と結婚してーもん」

「…………なにを言っているのよ」

こうして照れさせるのが、面白くって仕方ないって理由もあるけどな。

「……野菜も食べなさい。私は……健康な人が好きよ」

「へいへい」

なーんて余裕こいてたら、だ。

瑠璃《るり》は、綺麗《きれい》な仕草でアスパラの肉巻きを箸でつまみ——くすりと笑った。

「っふ、京介《きょうすけ》——」

超意地悪な顔で、おかずを俺の口へと持ってくる。

でもって、

「あーん、なさい」

「そ、そうきやがったか……！」

「ククク……私を辱《はずかし》めて悦《よろこ》ぶ変態彼氏に、反撃をしてあげるわ。さぁ、恥じらうがいい……」

「おまえだって恥ずかしいくせに！　顔、真っ赤じゃん！」

「う、うるさいわね。早く口を開けなさい。私の心が限界を迎える前に……」

俺たちは、お弁当の時間さえも戦いだ。

ったく……周りがカップルだらけでよかったぜ。

それから——。

俺たちは、幾つかのアトラクションを遊んで回った。絶叫系がすべて封じられてしまっても、気になる場所はいくらでもあった。遊園地など、ほとんど創作の中でしか知らない俺たちにとって、新鮮な体験ばかり。

本当に――

今年の夏は、特別だ。

そんな素晴らしい日にも、終わりが近づいてくる。

空が少しずつ、橙色《だいだいいろ》に染まっていく。

「土産を買って帰らねぇとな。沙織《さおり》と桐乃《きりの》にゃあ、特に世話になったから」

「なら、二人でお金を出し合いましょう」

「食べ物系にしようぜ。今度集まったとき、みんなで食べられるような」

そんな会話をしながら、たくさんある土産物屋を巡り、限られた予算で買い物を楽しむ。

個人的な買い物を、彼女に見つからないように済ませるのが、ちと大変だったが。

最後に――

「なぁ。帰る前に、観覧車、乗らないか？」

「そう、ね。そうしましょう、か」

俺たちは、この遊園地の目玉でもある、大観覧車に乗った。

遊園地の中心にあるこのアトラクションから見る景色は、園内でも最高の眺めなんだとか。

――海、近いしな。そりゃあ絶景だろうさ。

俺たちはゴンドラの中で、向かい合わせ、ではなく、隣同士に、座る。

……デートって、これでいいんだよな？　この方が距離が近くなるし、合ってるよな？

平凡を愛する俺は、こんなときでも、どっかで見たのであろうデートマニュアルを必死に思い出そうとしている。

俺の彼女は、良くも悪くも普通じゃない。マニュアルなんて、通用しないってのに。

俺たちの乗るゴンドラが、ゆっくりと、上昇していく。

園内からでは見えなかった雄大な海が、視界に広がっていく。

ぐらりと揺れて、

「ひゃ」

「と、平気か？」

「え、えぇ……」

身体《からだ》が密着する。お互い、弾《はじ》かれるように離れ、

「…………」

「…………」

気まずい沈黙。

――ああもう、なにやってんだ！　身体《からだ》が触れ合うくらい……さっき、肩を貸したときの方

がずっと密着してたろうに。

いや、分かってるよ。シチュエーションが違うもんな。

ジェットコースターでヘバった女の子を運搬するのと、観覧車の中で二人きりのいまとじゃあ、全然ちげー。

「ほ、ほら！　今日回ったアトラクションが、あんなに小さく見えるぜ！」

「え、えぇ……そうね……海も綺麗《きれい》よ。合宿で見たものと、同じくらい」

「お、おう……」

ぎくしゃくした会話。

あーくそ！　風景とか確かに綺麗《きれい》だけども！　それどころじゃねーわ！

アタマん中……っ、ごちゃごちゃしちまって！

違うんだよ！　せっかく観覧車に乗ったんだから、もっといい雰囲気にだな！

そうやって気負えば気負うほど、適した言葉は思いつかない。焦《あせ》って焦《あせ》ってしょうがない。

「………………」

「………………」

……静寂が続く。

時は止まらず、ゴンドラは回る。

まずい。非常にまずい。このままだと、なんにもないまま、二人して黙り込んだまま、ゴンドラが地上に着いてしまう。そいつはあまりにも……ないだろう。

決心せねばならなかった。いますぐにでも、動かねばならない。

「「あのっ」」

お見合いし、同時に、同じ台詞《せりふ》を口にする。

「……う」

「……あぁ」

それで再び、両者とも、黙り込んでしまう。

なんとも間の悪い……。でも、きっと、同じようなことを考えていたからだ。

なら、もう一度！　何度でも！

「これっ！　受け取ってくれ！」

俺は、両手でそれを差し出した。

綺麗《きれい》に包装された箱だ。瑠璃《るり》は当惑したような顔で受け取って、

「……私、に？」

「ああ！」

「いま……開けても？」

「そうしてくれ！」

家で開ける、なんて言われたら、困ってしまうところだ。

彼女は頷《うなず》き、やや焦《あせ》った手つきで、しかし丁寧に、包装をはがし、箱を開け、中身を取り出し……掌《てのひら》に載せた。

「……わ」

ハートのペアネックレスだ。

高価なものじゃない。対のネックレスを合わせると、ハートが完成するという、シンプルなやつだ。

「おまえ、さっき、これ――見てたろ？　だから……記念にって」

「私に内緒で……買っていたのね」

「……おう」

「朝……お金を節約しようって話をしていたのに……」

「あ、いや……ここは使いどころだろ」

いい台詞《せりふ》が出てこない。

もうちょい気の利《き》いた台詞《せりふ》を考えていたのに、緊張のあまり思い出せない。

なのに彼女は、うっとりとハートを眺め、それから俺を真《ま》っ直《す》ぐ見て、

「……有《あ》り難《がと》う、京介《きょうすけ》。嬉《うれ》しいわ」

「……どういたしまして」

「大切にする。……一生……いいえ、永遠に」

「大げさだって」

「……あの、ね」

「ん？」

「私——今日、楽しかった」

「俺もだ」

自分に課したミッションを無事終えたせいか、空気が緩む。

自然と俺たちは、窓から外を眺める。

ゴンドラは、ほどなくして頂点へと至るだろう。

夕陽《ゆうひ》が海に落ちていく。

橙色《だいだいいろ》の光が、水面にきらめく道を作っている。

あの合宿でも、俺たちは、こうして並んで海を見た。

「昨日も、その前も、ずっと楽しかったわ」

「俺もだ」

そして今日も、並んで同じ景色を眺めている。

「また来ようぜ、一緒に」

「ええ」

「予算がねえから、次は早くて冬休みだな——」

春が終わり、夏が終わり、秋が来て、冬になって。

そうしたらまた一緒に、同じ景色を見るのだろう。

「その頃にゃ、クリスマスも、正月もある」

「初詣に行って、初日の出を見るなんて、どうかしら」

「そりゃいいや。二人でか――もしくはみんなでか」

「迷ってしまうわ」

「何度も行きゃあいい」

「初日の出は、一度しか見られないわよ？」

「一年後だって、二年後だってあるだろうよ」

「…………………………」

俺は彼女の顔に視線をやった。

夕陽《ゆうひ》で照らされた横顔は、この世のなにより美しい。

驚いたのか、目が見開かれ、こちらを見る。

気付いてくれただろうか。俺の言いたいこと、ちゃんと伝わっただろうか。

「京介《きょうすけ》」

と、瑠璃《るり》は俺の名を呼んだ。

それから、贈ったネックレスを、大切に両手で掲げ、

「着けてくれるかしら」

「ああ」

俺は、彼女の首に両手を回し、着けてやる。

緊張で手が震えてしまったのは、バレたかもしれない。

「似合う?」

「最高」

「有《あ》り難《がと》う。私も、あなたに着けてあげるわ」

瑠璃《るり》も俺と同じように、ネックレスを着けてくれる。その手が震えているのに気付き、内心でくすりとしてしまったよ。

こういうところ、似た者同士なのかもしんねーな、俺たち。

身長差があるので、瑠璃《るり》は身を乗り出すようにしないと、俺にネックレスを着けることはできない。必然、一連の動作のあと、俺たちの顔は近づいていて……。

「……………………」

「……………………」

普段なら、照れくさくなって離れる場面。

なのに俺たちは、間近で見つめ合う。

一瞬が、永遠にも感じられる時間だった。

ゆっくりと彼女が目をつむり——

俺たちは、軽く触れるだけのキスをした。

いまの二人には、これが限界。
親しい誰かが覗《のぞ》き見ていたなら、きっと笑われてしまうだろう。
だけど、いままで生きてきて一番、幸せな時間だった。

逢瀬《おうせ》の思い出を胸に、帰途につく。

千葉駅の構内から出たところで、雨がぽつぽつと降り始めた。

「ありゃ、天気予報じゃずっと晴れっつってたのにな」

夜空を仰ぎ見ると、不穏な雲が広がりつつある。

遠方の黒雲で、稲光が瞬《また》いた。

ややあってから、雷鳴。

「うわ」

「本降りになったら困るわね。少し急ぎましょうか」

そんな話をしていたときだ——。


「お兄さん」


聞き覚えのある声が、俺に向かって掛けられた。

声の主に振り向くと、そこには黒髪の美少女の姿。

「……奇遇ですね」

「————…………あやせ？　こんな時間にどうしたんだ？」

「……あなたに言う必要ありますか？」

「ない、です、けど……」

あやせの表情が、きつめの真顔へと変わっていく。

おいおい、なんだこの怖い態度——って、こいつは俺に対して、いつもこんなんだったな。

最近会わなかったから、忘れていたぜ。

新垣《あらがき》あやせ。桐乃《きりの》のクラスメイトで、モデル仲間で、親友。

でもって俺のことを、蛇蝎《だかつ》のように嫌っている——……はずなのに、時折桐乃《きりの》のことで相談を持ちかけてきたりもする。

そんな、不思議な関係。

「どなたかしら？」

と、瑠璃《るり》が隣から問うてくる。

「桐乃《きりの》の友達だよ。ほら、おまえも夏コミんとき、ニアミスしただろう」

「あぁ、あの時の」

瑠璃《るり》は、あやせのことを思い出したらしい。

向こうも同じだったらしく、

「あの時……桐乃《きりの》と一緒にいた………」

あやせの目つきが、さらに鋭くなる。

まぁ、あやせにとっちゃ瑠璃《るり》——黒猫《くろねこ》は敵だよなぁ。

だって、桐乃《きりの》のオタク友達なんだもん。自分から桐乃《きりの》を遠ざける、元凶のひとつだもん。

——**“危険が迫る。今日から明日にかけて怪我《けが》に注意”**

イヤな予感が脳裏を過ぎり、俺は瑠璃《るり》をかばうように前に出た。

ぽつ、と、大きな雨粒が、額を濡《ぬ》らす。

雷雲を背負って、あやせは言った。

「おふたりは……どんな関係、なんですか？」

「俺の彼女……だけど」

「やっぱり……！」

話の流れが読めなかった。

なんでいまの会話で、あやせが臨戦態勢になるんだよ！

「あなたたちのせいで……桐乃《きりの》が……」

「おい！　なんだってんだよ！」

「あなたたちのせいで桐乃《きりの》が、いなくなっちゃう！」

あやせの意味不明な叫びに——

「……どういうこと？」

瑠璃《るり》が強く食い付いた。

「桐乃《きりの》が……いなくなる、ですって？」

「そんなことも……知らないんだ。それなのに、桐乃《きりの》の友達みたいな顔で……」

信じられない、と、吐き捨てるあやせ。

もしや、と、思った。

——今日はあやせと遊ぶし。

あやせは、桐乃《きりの》から、例の話を聞いたんじゃないか。

——あたし、将来、海外で暮らす。

——あたしは、もう、あんまり日本にいられないから。

それで激しく動揺してしまっているんじゃないか——それでも。

瑠璃《るり》や俺に対して怒る理由は、分からないが。

「桐乃《きりの》は、留学期間が終わっても、海外で暮らすそうです」

「……本当なの？」

瑠璃《るり》が、俺の顔を見て問う。

「そうらしい。——あいつが自分で決めたことだ」

「……あなたたちのせいですよね？」

俺は、怒れる少女に向き直り、

「あやせが、なんでそんなことを言うのか、分からないな」

「お兄さんが！　あなたが！　そんなだから……！　『桐乃《きりの》が日本から離れると決めたこと』と！　『おふたりが付き合い始めたこと』が、無関係なわけないでしょうッ！」

「意味が分からん」

妄言にしか聞こえなかった。そりゃそうだよな――こんときの俺は、あやせの言葉を理解する、前提条件が足りていなかったんだ。あやせが怒っている真の理由に、思い至れるわけがない。

だが、ちゃんと思い至れるやつもいた。俺の隣にだ。

だからこそ、

「そちらの――彼女さんなら、分かるでしょう？　わたしの言っていることが正しいって！　あなたのせいで、桐乃《きりの》が深く傷ついているんだって！　だから日本から離れようとしているんだって！」

「……そんな……」

瑠璃《るり》は、あやせの言葉をそのまま真に受けて、絶句してしまう。

当時の俺にしてみりゃあ、なんでそこまでショックを受けるんだって、驚くばかりだったがな。

「おい、いい加減にしろよあやせ。いくらおまえでも、俺の彼女を責めるのは許せないぜ」

「…………あなたは、なんにも分かってません」

「そうなのかもな」

苦しそうな顔に、つい、言葉が甘くなる。

「話が噛《か》み合《あ》ってない気がするよ。きっと、俺がにぶいんだろう。分かってねーんだろう。ちゃんとおまえの話を聞いて、理解するべきなんだろう。でもな」

俺は言った。

「おまえが落ち着いてからだ。そうしたら、俺ひとりで聞く。で、改めて考えるさ」

俺は、掌《てのひら》で雨粒を受け止める。

「雨も強くなってきた。夜も遅い」

いまは、もうやめよう。言外の意図を察してくれたのか、あやせは、渋々と頷《うなず》く。

「……分かりました。なら――また後日に」

「おう、んじゃ、それまで休戦」

つとめて明るく振る舞う。少しでも、愕然《がくぜん》としている瑠璃《るり》を安心させてやりたかった。

「気にすんな。瑠璃《るり》のせいじゃねーよ」

「ありがとう。……大丈夫よ」

強まっていく雨脚の中。
俺たちは、雷鳴と共に去っていくあやせを、いつまでも見送っていた。

第四章

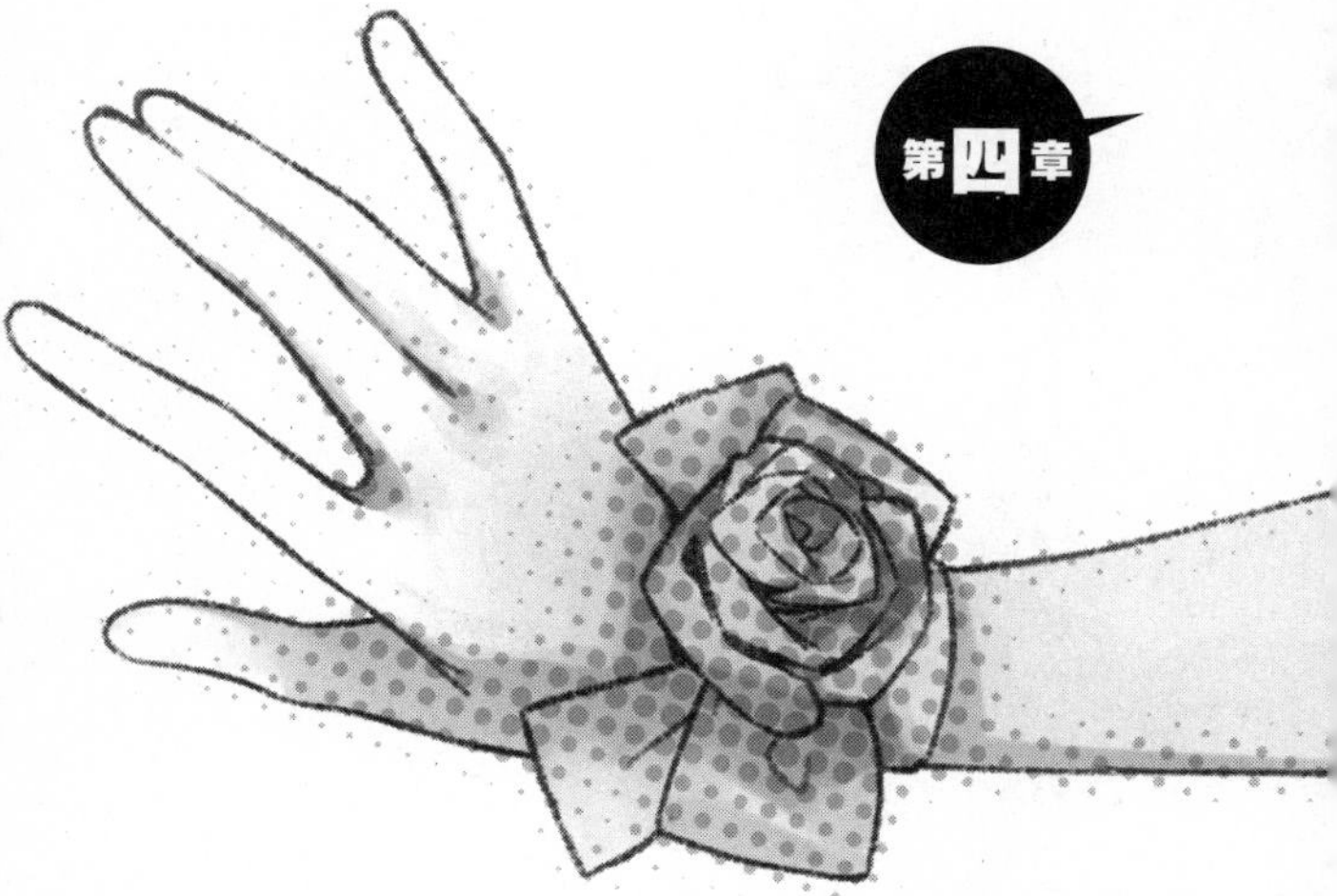

雨の中、俺は、瑠璃《るり》を家まで送っていった。コンビニで傘を買って、並んで歩く。

「…………」

「…………」

道中の会話はない。瑠璃《るり》は、ずっと押し黙っている。

怒りゆえに、ではないだろう。あやせの発言に、衝撃を受けているようだ。

──『桐乃《きりの》が日本から離れると決めたこと』と！　『おふたりが付き合い始めたこと』が、無関係なわけないでしょうッ！

だったか。

……どうしてあやせは、あんなことを言ったんだろうな？

いくら考えても、無関係だと思うんだが。

だって桐乃《きりの》は、言っていたんだ。自分で決めたんだ、って。

あやせが言っていることがマジだってんなら、あんときの桐乃《きりの》が、嘘吐《うそつ》いたってことになる。

そんな様子にゃあ見えなかったぜ。

あいつが俺に嘘《うそ》を吐《つ》く理由だって見当たらない。

……そのはずだ。少なくとも、俺には思いつかん。

だから、あやせが、なんか勘違いしちまっているんじゃねーかってのが――

……あなたは、なんにも分かってません。

――俺の意見。

現時点での、な。

「なぁ、瑠璃《るり》……さっきの件だけどさ」

俺は、強く動揺している様子の彼女に、自分の考えを話してみた。

少しでも、心が軽くなればと思ってだ。

だけど、瑠璃《るり》の表情が明るくなることはなかった。

そうしているうちに、五更《ごこう》家の前に着いてしまう。

「……ここでいいわ」

「……おう。その、だな……」

彼女に元気になってもらいたい。その気持ちを諦め切れず、俺は何かしらの声を掛けようと試みる。だが、それに先んじて、瑠璃《るり》は言う。

「今日、楽しかった。有《あ》り難《がと》う、京介《きょうすけ》」

「……俺もだ」

やっと、少しだけだが……笑ってくれた。たったそれだけで、俺の焦燥は癒やされる。

「私、決めたことがあるの」

瑠璃《るり》は、俺の顔を真っ直《ます》ぐ見る。

……道中、ずっと考え込んでいるようだったものな。

居住まいを正し傾聴する俺に、彼女は柔らかく微笑《ほほえ》みかける。

「『残りの夏休みを、あなたと思い切り楽しむ』ということを、ね」

重い台詞《せりふ》が出てくるものだとばかり思っていたから、拍子抜けしてしまったよ。

「なあに、その顔は？」

「いや……あやせに言われたこと、気にしているみたいだったから……」

「急に元気になって、不思議だと？」

「……まぁ」

肯定すると、瑠璃《るり》は、ふふ、と妖艶《ようえん》な声を漏らす。

「その件はね、私の中で結論が出たのよ。だから、考え込むのはおしまい。ただ、それだけのこと」

思わせぶりな口調は、いつもの中二病だろうか。だとするなら、安心できるんだが。

俺は、試す意図もあって、軽めの声を出す。

「調子が出てきたみたいじゃないか」

「ええ、夏休みも無限ではないわ。限りある貴重な時間……落ち込んでいたらもったいないでしょう」

「そう──だな。本当に、そうだぜ」

再び明るい笑顔を見せられて、心のもやが晴れていく。

今日は、瑠璃《るり》と二人で遊園地デートをした。色々巡って、最後に観覧車に乗って……

触れるだけの、キスをした。

「また明日、会いましょう、京介《きょうすけ》」

「おう、また明日」

「次の〝運命の記述《デスティニー・レコード》〟、ちゃんと書いてきなさい」

「ああ、おまえもな」

そんな最高の日を、最高の気分のままで終わることができそうだ。

瑠璃《るり》と別れ、高坂《こうさか》家に帰り着いた俺は、その日のうちに、桐乃《きりの》に相談してみた。

あやせから、『妙ないちゃもん』を付けられた件についてだ。

『妙ないちゃもん』──顧みてみれば、あんまりな言い草だよな。ただ、繰り返しになるが、こんときの俺にゃあ、そうとしか思えなかったんだ。

夢中になっていたPCゲームを中断して、俺の相談を聞いてくれた妹は、

「おけ。あたしがなんとかしとく」

あっさりとそう請け負ってくれる。

「ありがてえけど……なんとかって、どうするつもりなんだ？」

「あやせと話して、誤解を解いて、納得させるよ。なんも心配いらないから。あんた、あやせとまた話すって言ってたけど、それもなしでおけ。つかさー、あやせと二人きりで会うとかやめてキモいし」

「キモ……って、おまえ……」

この野郎……ナチュラルに罵倒が混ざるよなあ。

「……じゃあ、頼む」

「頼まれた」

即答で、胸を叩《たた》いて見せる桐乃《きりの》。

おいおい……この妹、超頼りになるぞ。

こいつ、海外から帰ってきてから、さらに完璧超人っぷりに磨きがかかってねえか？

大きな経験を経て、成長した……っつーか。人間として一回り大きくなったっつーか。

「あ、ただ」

桐乃《きりの》は、『これだけは言っておかねば』というふうに、

「あたし、あやせの後で黒猫《くろねこ》とも話すけど——それだけじゃ、たぶん足りない。だからあんた、

あいつのこと、ちゃんと気を付けて見てあげなね。彼氏なんだから」

「……分かってる」

「心配なんだよねぇ～」

「信用ねえなあ。なにが心配だってんだ」

「んー……説明が……難しぃぃ～～～っ。ぇぇ～～っと……あんた、絶対言うほど分かってないし、ほっとくと後でごちゃつきそーでアレなんだけど……でもなぁ～～～ッ」

両手で頭を押さえ、懊悩《おうのう》しはじめやがった。

でもって、

「…………あたしが説明すんの？　マジで？　超イヤなんですけど？」

桐乃《きりの》は、自問自答するように、ブツブツと呟《つぶや》いている。

「なんだか知らんが、そんなにイヤなら聞かねえって」

「んー、ごめん。そっちは自分でなんとかしてどーぞ」

「そのつもりだ。俺の問題だからな。ぜんぶおまえ任せにゃできねーさ」

ほらな。

帰国してからの桐乃《きりの》は、俺に対して、詫《わ》びるようになった。

以前のこいつだったなら、もっとひねくれた物言いになっていただろう。

変わっている──或《あ》いは、変わりつつある。

桐乃《きりの》自身も。

俺たちの関係も。

前と同じように見えて、違うものになっている。

そう感じた。

そいつが、いいか悪いかなんて、分からねーな。

それから――…………

再び、最高の夏休みが再開される。

俺と瑠璃《るり》は、〝運命の記述《デスティニー・レコード》〟によって、お互いに相手とやりたいことを提案し、実行していく。


――アルバイト中、彼氏が顔を見せにきてくれる。

――彼女とカラオケに行って歌いたい。

――動物公園に行きたい。

――完成したゲームシナリオを読んで欲しい。

――――等々。

中二病要素をふんだんに孕《はら》んだ、交換日記めいた行為は、飽きることなく俺たちを魅了した。

瑠璃《るり》は、あやせとの遭遇で落ち込んだことなんか、忘れてしまったかのように溌剌《はつらつ》としていて、俺を何度も惚《ほ》れ直させてくれたよ。

もちろん、夏休みの思い出は、二人きりの時間だけってわけじゃあない。

――みんなで夏コミに行きたい。

なんて願いもあった。

ある日、俺と瑠璃《るり》とで、同じことを書いてきたもんだから、驚き合ったたっけ。

『みんな』ってのは、沙織《さおり》や桐乃《きりの》がいる『オタクっ娘《こ》あつまれー』――だけじゃなく。

瀬菜《せな》や部長、真壁《まかべ》くんたちのいる『ゲーム研究会』も含まれる。

つまり――

「あたし、高坂桐乃《こうさかきりの》！　よろしくね！」

「赤城瀬菜《あかぎせな》です。初めまして、桐乃《きりの》ちゃん！」

こういうわけだ。

もうちょい説明すっとだな……今日は、夏コミ最終日の午後。

買い物を済ませ、落ち着いたところで合流し、みんなで飯でも食いにいこうぜ――という状況。

といっても、今回、俺たちの身内は、誰もサークル参加しちゃいない。

桐乃《きりの》も瑠璃《るり》も、ゲー研の連中も、それぞれ別件で忙しかったからな。

ゲーム制作やら、シナリオ執筆やら、積みゲーの消化やら、デートやら——色々で、だ。

なにせ桐乃《きりの》が海外に再出発するのは、明日なんだ。

最後の思い出作り——なんて言い方はしたくねーが、そういうことだ。

午前中は『オタクっ娘《こ》あつまれー』の面子《メンツ》で会場を巡り、全力で楽しんだぜ。

俺も含めてな。

いま、俺たちはゲー研と合流し、食事処《どころ》へと向かって国際展示場駅のそばを移動中。沙織《さおり》の先導で歩きながら、自己紹介をしているところだ。

そんな中で、一番目立っているのが、桐乃《きりの》と瀬菜《せな》だった。

特に桐乃《きりの》は、半袖の軽装なのだが、めちゃくちゃ垢抜《あかぬ》けている。

夏って、身につけられるアイテムが減って、差別化が難しいっていうのにな。

さすが人気読モ様だ。

桐乃《きりの》と並んで、ある程度拮抗《きっこう》できている瀬菜《せな》の美少女っぷりをこそ褒めるべきかもしれん。

「いやー、ほんとびっくり！　高坂《こうさか》せんぱいに、こんな可愛《かわい》い妹がいたなんて！　話には聞いてましたけど……想像以上！」

「あたしも、赤城《あかぎ》さんのことは兄貴から聞いてる。こいつのクラスメイトで友達なんだ——って」

と、桐乃《きりの》は瑠璃《るり》の肩に、ぐいっと腕を回す。

「あんだよ」

「なーんでも」

兄妹《きょうだい》で、たいした意味もなく笑い合う。

なんだってんだ。いまさらになって、普通の兄妹《きょうだい》みたいに。

あーあ、ったく、やれやれだぜ。

「おら、早く、行っちまえ」

しっしっ、と、手で追い払うと、桐乃《きりの》はキバを見せてにやりとしやがる。

「あんたさ、妹とのお別れで泣きそうなんでしょ？　だから、あたしを早く行かせようとしてるんだ。分かってんだから」

「いちいち言わんでいい。お互い様だろ」

「…………」

ぐす、と、鼻を鳴らす。

どっちが、かって？　さあな！　想像にお任せするぜ！

ひねくれた兄貴で悪かったな。

最後だからって――素直になんて、なってやらねーっての。

「よしッ」

桐乃《きりの》は、なにかを振り払うように己の頬をはたき、顔を上げる。

そうして、

「いってきまぁ――――ッす！」

元気一杯、旅立っていく。

前回とは大違いの、さっぱりとした出立だった。

特別な日々は残り少なく、だからこそ、大切に過ごさねばならない。

そんなの、十年以上も生きてりゃあ、分かりきったことなんだが。

いまさらながら、思い出した――いや、思い知った。

両親が家に戻ったあとも、俺はしばらく桐乃《きりの》が去っていった方を眺めていた。

――はあーあ、我ながら未練がましいったらねえや。

そんな情けねえやつの元に、妹が曲がっていった角から、とある人物が姿を見せた。

「……瑠璃《るり》？」

こちらに向かって歩いてきたのは、俺の彼女――五更瑠璃《ごこうるり》だ。

いつもの黒衣に身を包み、重い足取りで、俺のそばまでやってくる。

そうして、ぽつりと。

「……行ってしまったわね」

「だな」

どうしてここにこいつが居るのか——と、考えて。

おそらくは正しいだろう問いを投げる。

「おまえも、あいつを見送りにきてくれたのか」

「ええ、ちょうど、そこで会ったわ」

「なんだよ、一緒に見送ればよかったじゃん」

「そう……なのだけどね」

瑠璃《るり》は、説明し辛《づら》そうにしている。

「昨日、夏コミの帰り、沙織《さおり》と一緒に、別れは済ませたから……本当は、ここに来るつもりはなかったの。でも……やっぱり会いたくなってしまって……気付いたら、あなたの家のそばまできていて……」

持ち前の引っ込み思案が発動して、出るに出られずにいたのだという。

「逡巡《しゅんじゅん》しているうちに、桐乃《きりの》がこちらに走ってきて……逃げる間もなく遭遇してしまったの」

「あらら」

瑠璃《るり》らしいっつーか、なんというか。

桐乃《きりの》のやつ、足速いものな。運動音痴の瑠璃《るり》が、咄嗟《とっさ》に身を隠せるはずもない。

彼女は、恥じらうように早口で言う。

「事情を察した桐乃《きりの》に、思いきり笑われたわ」

「だろうなぁ」

俺も、笑いを堪えるのが大変だもの。

「最後の記憶があれだなんて……我ながらやらかしたわ」

「また帰ってきたとき、上書きすりゃいい」

別に今生の別れってわけでもねえんだから。

「そうね」

二人揃《そろ》って、遠くを見る。

同じ気持ちを共有できたことで、慰められた気がした。

「そんなことより」

俺は、いま自分の心を占めているものを、あえて軽く扱って、明るい声を張り上げる。

むりやりにでもテンションを上げていかねえと——あいつに負けちまうからな。

「もうすぐ夏休みも終わりだぜ！　まだ〝運命の記述《デスティニー・レコード》〟にはしてねえんだが——」

「最後に、大きな思い出を作りましょう」

っと。

「先に言われちまったな」

夏休みの最後に、一生の記念になるようなことをしよう。

どうやら、俺と瑠璃《るり》は、同じ考えだったらしい。

「っふふ」

彼女は、らしくないほどに天真爛漫《てんしんらんまん》な笑みで、

「すでに計画は練ってあるの。聞いてくれる？」

「もちろんだ。せっかくだから、うちに上がっていくか？」

軽い気持ちで言ったのだ。ところが瑠璃《るり》は、深く考え込んだ様子で、

「……今日は、あなたのご両親が在宅なのよね。……『彼女として』挨拶の手土産を用意していないのだけど…………大丈夫かしら？」

「大げさすぎるわ！」

俺がおまえんちに行ったときは、準備の暇なんて与えてくれなかったくせに！

なんで自分のときは、準備万端で俺の親に会おうとしてんだよ！

そういうとこあるよなこいつ。

「だ、だって……」

「ほら、大丈夫だから。――行こうぜ」

「ひゃ」

俺は、彼女の手を引いて、我が家まで向かうのであった。

桐乃《きりの》が旅立って間もなく、『息子の彼女』を急に紹介された親父《おやじ》の顔は、なかなか見物だったぜ。お袋は、すでに瑠璃《るり》の存在を知っていたから『やっとくっついたか』みたいな態度で笑っていたが。

……きっと今夜あたり、家族会議があるんだろうな。

覚悟の上だぜ！　遅かれ早かれ、こういう展開になっただろうからなあ！

で、瑠璃《るり》に、俺の部屋に上がってもらったわけだが——。

「…………………」

「…………………」

妙な沈黙が、俺たちの間に横たわっていた。

お互い立ちっぱで、見つめ合う形でだ。座ってもらったり、お茶を出したり、色々やることあるだろうに——

「……あー……えっと……」

どうしよう。

俺の脳は、急にぽんこつになってしまったようだった。

いままで『黒猫《くろねこ》』を部屋に上げて、二人きりになっても、こんなふうになることはなかった。

気になる異性の後輩――ではあったけれど、まだそういう対象として見てはいなかったから。

高坂京介《こうさかきょうすけ》の彼女である『五更瑠璃《ごこうるり》』を部屋に上げて、二人きりになったのは。

なんと、いまが初めてだったんだ。

それを、二人して思い出してしまったんだろう。

そんでもってお互いがお互いを意識するあまり、こんなんなっちまってるんだろう。

「…………」

「…………」

そこで、ふと、気付く。

瑠璃《るり》の視線が、俺の身体《からだ》をなぞっていく。

直接触られたわけでもないのに、ぞくぞくっ、と、くすぐったいような感触が、全身に走る。

てかオイ！　五更《ごこう》さん!?　エロい視線が丸分かりじゃねーか！

男女役割が逆だろうがよ！

くっ！　誰か教えてくれ――。

彼女が性的な目でこっちを見てくるんだけど！　こんなとき彼氏は、どうすりゃいいんだ！

「…………」

「…………」

命を懸けた決闘にも似た、張り詰めた緊張。

それを断ち切ったのは、こんこん——という、控えめなノックの音だ。

「うわッ！」

意図せぬでかい声が漏れ、自分で自分にびっくりする。

慌てて扉へと駆け寄り開けると、わざとらしい笑みを貼り付けたお袋の顔がそこに。

「お茶とお菓子を持ってきたわよ——」

我が母は、俺の肩越しに瑠璃《るり》を見て、

「ゆっくりしていって頂戴ね！」

「……は、はいっ」

こくこく、と、棒立ちのままで頷《うなず》く瑠璃《るり》。

次いでお袋は、俺に耳打ちし、

「……あたしたち、邪魔にならないよう下にいるから、うまくやりなさい」

ぐっ、と親指を立てる。

「…………………」

すでに邪魔してるんだが？

あと一分くるのが遅かったら、たぶんえろい展開になっていたんだが？

恨みがましくそう思ったが、パニくっているのが落ち着いたので、一応感謝しておいてやる。

あと親父《おやじ》！　あんたまで気になって上がってきたのかよ！

角からこっそり顔を出してるの、ばっちり見えてるぞ！　それでも本職の警察かな？

……扉が閉ざされて。

「……ごほん」

俺は気を取り直すように咳払《せきばら》いをひとつ。

「騒々しい親ですまんな。……とりあえず、座ってお茶飲もうぜ」

「……え、ええ」

少しばかりの気まずさはあるものの、仕切り直しだ。

休憩を挟んでから、

「さて……京介《きょうすけ》、会議を始めましょう。我が〝終末の計画《ラグナロク・プラン》〟について――」

瑠璃《るり》は自らの計画を、例のごとく〝運命の記述《デスティニー・レコード》〟の形で示してくれた。


――京介《きょうすけ》と、もう一度、花火を見る。


瞬間。

「――――――」

俺は、強い既視感を覚えた。

フラッシュバックのように、夜空に咲き誇る炎が、脳裏を過ぎる。

合宿先で、俺から瑠璃《るり》に、告白したとき――。

あのときも、花火が咲いていたから、きっとそのせいだろう。

『花火』というワードがきっかけで、印象深い思い出が蘇《よみがえ》った――。

普通に考えれば、そうだ。

だけど……上手《うま》く言えねえんだが、そうじゃ、な、い、という感覚もある。

――ここじゃないどこかで、おまえと花火を見上げる夢。

ただの夢で、なんであんな大切な場面で口走ったのかも、よく分からない。

――炎と共に、始まりと終わりがあるだろう。

ただの占いで、気にするようなことじゃない。

当たるも八卦《はっけ》、当たらぬも八卦《はっけ》――所詮そういうもののはずなのに、どうしてこんなにも、
俺の心は揺らいでいる？

ちょっと占いのフレーズが、頭の隅に浮かんだだけなのに。

まるで、外れぬ本物の占いが存在することを、知っているかのように。

俺は、ばくばくと脈打つ胸に手を当てる。

妹に似た誰かの笑顔が、ぼんやりと――

「――…………京介《きょうすけ》？」

「…………えっ？」

「どうしたの？　ぼおっとしてしまって……暑いなら、冷房を付けたらどう？」

「あ、いや、すまん。……なんでもねえんだ」

「そう？　なんでもないような顔には見えないけれど。すごく、汗をかいているわよ」

――もしかして、俺って、霊感あったりすんのかな？

予知夢っつーか、デジャヴっつーか。そういうのが最近多いんだ。

たとえば、こいつは一例だが。

彼女のバイト先に顔を見せる……なんて、間違いなく、生まれて初めての経験だってのに。

なんでか俺は、懐《なつ》かしい、と感じたんだ。

こんなことが――前にもあったような、気がした。そんなわけ、ねえのに。

「正直に言うと、だな」

「ええ」

俺の話を聞く態勢になってくれた瑠璃《るり》に――

「自分の部屋で、彼女と二人きりなんて初めてだから、えろい展開になるんじゃねえかと思って、緊張してるんだ」

「きゅっ、急に――莫迦《ばか》なことを言わないで頂戴っ。……ご両親もいるのに…………」

「それは分かってるが……おまえんちも俺んちも、完全な二人きりになるタイミングなんて、ないだろう。正直、ちょっと困った問題だよな、とは思ってる」

「し、真剣な顔で相談しないでくれるかしら……そんなことを……」

——本当のことは、言えなかった。

初心《うぶ》な彼女が追及できないよう、えっちな話題を振ってごまかしてしまう。

正直に話せば、オカルト好きな彼女は、きっと楽しんでくれただろう。

なのに、なんでだろうな？　自分でも分からねぇや。

「悪い、悪い。計画の話に戻ろうぜ。——花火を見に行く、だったな」

「………もう」

彼女は、呆《あき》れたような吐息を漏らしてから、

「これよ」

瑠璃《るり》がバッグから取り出して見せてきたのは、花火大会のチラシだった。

日程としてはかなり遅く、八月後半にあるそうだ。場所は、そこそこ近め、港のそば。

「いいじゃないか。これ、行こうぜ」

瑠璃《るり》が『こういうことをやりましょう』と言い出して、俺が『いいじゃないか』と賛成する。

会議なんて大げさなことを言っても、だいたいこれで終わりなんだよな。

俺が、彼女からのお願いを断るなんて、まずないんだからさ。

「……楽しみにしているわ」

ただ……なんだかな。

不穏な既視感が、胸の中で渦巻いて、消えてくれなかった。

そうして、あっという間に花火大会の当日になる。

きっとこの夏、俺たちが交わす〝願い〟は、あとひとつか、ふたつか……。

それくらいしか残っていない。

つまり、今夜が『夏休みのラストイベント』ってわけ。

ちっとばかし寂しいな。

まぁ、九月になっても、続けりゃあいいだけか。あとで提案してみるとしよう。

俺がいるのは、夕方の五更《ごこう》家。玄関前で、彼女の準備を待っている。

そんな最中、瑠璃《るり》の家族と出くわして、話すことになったのだが。

その相手ってのが、ちと問題で。

「どーした高坂《こうさか》くん、そわそわしてるみたいじゃない？」

快活で馴《な》れ馴《な》れしい口調のこの人は、瑠璃《るり》の妹・日向《ひなた》ちゃん――――ではなく。

「彼女のお母さんと初めてお会いして、緊張しているんですよ」

「おやおや、正直だねぇ。そこはキミ、『愛する彼女が、どんな服に着替えてくるのか、楽しみなんです』――とか、言うべきじゃない？」

瑠璃《るり》の母親、五更瑠依《ごこうるい》さんだ。瑠璃《るり》とはあまり似ておらず、日向《ひなた》ちゃんが成長して髪を下ろしたら、こんなふうになるだろうな、という感じ。

夫の静《しずか》さんが、たびたび尻に敷かれているような雰囲気を出していたものだから——てっきり『怖くて厳しいお姉さん』というイメージを、勝手に抱いていたんだが。

実際に会ってみたら、とても優しそうな人だった。

一癖ありそうな——ミステリアスな笑顔の人でもある。

こういう印象を持つ人と、最近会ったような気がするのだが、思い出せない。

「気が利《き》かないやつで、すみません。もちろん、そういう気持ちはありますよ」

俺は、無難な台詞《せりふ》で会話を進める。

彼女の親と、どんな話をすれば正解なのか、まったく分からん。

物理的に距離を取ろうと一歩下がると、黒猫《くろねこ》ママは、ずずいと二歩近づいてくる。

でもって、「ふむふむ」などと俺の顔を見つめてくる。

「……なんですか？」

顔が近いんですけど？

「いやあ～、瑠璃《るり》の彼氏だなあって」

「はい、瑠璃《るり》の彼氏っすけど」

「キミ、占いって信じるタイプ？」

あぁ……この人、瑠璃《るり》のママだわ。

会話ってのは、よくキャッチボールに例えられるが。

キャッチボールで、突然、予告なく、にやりと魔球を投げてくるタイプだ。

「えーと」

捕れねーんだよ！　急に対応できるか、こんなもん！

「正直、あまり信じてないです」

半分嘘《うそ》だ。最近は、占いとか、オカルトとか――もしかしたら、あるかもって、思ってる。

「瑠璃《るり》が占い好きなので、俺も好きになろうと思ってます」

「占いは信じてない。けど、占いを好きになろうと思う、か。――キミは、相手が気分を害さないように、よく考えて言葉を選ぶんだね」

「思いついたまま、喋《しゃべ》っているつもり、ですけど」

「自然に、それができているってことじゃない？　誠実で――ちょっぴり神経質なところがあるのかな」

「それ、占いですか？」

「性格診断だよ――女の子が大好きなあれ。ときに占いと混同されるけど――まったく違うものだよね。わたしに、本物の占いはできないさ。けど、本物の占い師には、会ったことがある」

瑠璃《るり》に占いを教えた『先生』のことだろうか？

あいつの祖母――つまり、瑠依《るい》さんの母親。その友達が、占い師、だったとか。

「わたしは、この家で、瑠璃《るり》の彼氏と会うことはないんだって」

「え？」

「占いの結果。そう言われたんだ」

「会ってるじゃないですか、いま」

「会ってるねえ、はは」

なんだろう、この会話。本題がまったく見えてこない。

娘の彼氏を見定めようとしていると考えるには、適当すぎるし。

意味のない雑談にしては、意味深すぎる。

なんつうか――つかみどころがなくて、ふにゃふにゃしている。

まるで彼女自身のように。

だからこの会話、『五更瑠依《ごこうるい》さんの自己紹介』としては、とてもよく機能しちゃあいる。

「厳密には、ここは外だから――『この家』で会ったとは、言えないかもしれないね」

そんな彼女は、玄関扉を開け、脱力した仕草で俺を手招く。

「高坂《こうさか》くんや、こっちおいで」

「はあ」

言われたとおりに付いていき、家の中へと入る。

玄関に、二人で立つ態勢。それから瑠依《るい》さんは、扉を閉めて、

「これで、わたしは『この家』で『瑠璃《るり》の彼氏』と会ったね」

「外れましたね、占い」

「うん、初めて外れた」

「ええ？」

「驚きだよ。あの人には、わたしが子供の頃から、何度も何度も占ってもらってて——今日、初めて外れたから」

「…………………………」

ようやく繋《つな》がった。さっきから回りくどく、なにやってんだと思ってたら。

超よく当たる占いで『瑠璃《るり》の彼氏と会うことはない』と言われていたのに、今日、俺と会ってしまったから。それで驚いていたってわけか。

「ねぇねぇ、高坂《こうさか》くん。これって、どういうことだろうね？　なにかしらのきっかけがあって、運命が変わったのかな？　キミは、どう思う？」

「俺は占いを信じていません」

好きになろうと努力はするが、信じちゃあいない。

最近になって、超常現象《オカルト》が存在するかも、と、ちょっぴり思いつつあるが——

「ですから——」

だからこそ、俺の答えは決まっている。

「俺と瑠璃《るり》の仲を裂くような占いがあったことも、それが外れたことも……もっといえば、その占い師が本物かどうかも、俺にとってはどうでもいいことです」

「気にしないって？」

「俺がやることは変わりませんから」

言葉にしたら、すっきりしたぜ。

すっと、胸のつかえが取れたっつーか。腹をくくれたっつーか。

瑠璃《るり》は、俺を英雄みてーに讃《たた》えるけどさ。俺は、マジでたいしたことをしてきてねえ。

その時々で、必死こいて、やりたいことをやってきただけ。

凡人にできることだけを、勢い任せにやってきただけ。

今日も明日も、そうするだけだ。

「さしあたっては、今夜、最高の思い出を」

「そーかい。じゃ、彼氏くんに任せたよ」

「任されました」

いまだ緊張の残る声で承る。すると、瑠依《るい》さんは、んひひっと、面白そうに笑って、視線を廊下側へと向ける。

「来たみたいだ」

俺も彼女と同じ方を見る。すると、

「えっ――」

「…………お、お待たせしたわね」

廊下の奥から、妹たちを伴って、浴衣《ゆかた》姿の瑠璃《るり》が歩いてきた。

彼女の名と同じ、瑠璃《るり》色の浴衣《ゆかた》を着ている。

一緒に歩いてきた珠希《たまき》ちゃんは、長女をうっとりと見上げている。

日向《ひなた》ちゃんは、自慢げに俺を見ている。

――どうよ高坂《こうさか》くん！　ご感想は？

そんな顔でだ。

俺は、瑠璃《るり》に陶然と見惚《みと》れて――

「…………かぐや姫みたいだ」

ばかみたいな感想を零《こぼ》す。

「……えっ……なに……言ってるの……」

言われた瑠璃《るり》は、恥ずかしそうに俯《うつむ》いてしまう。

珠希《たまき》ちゃんが、天真爛漫《てんしんらんまん》な笑みを俺に向けて、

「姉さま、とってもきれいですよね？」

「ああ、最高だ」

「ば、莫迦《ばか》」

瑠璃《るり》は真っ赤になって、袖で顔を隠してしまう。

どうやら、上手《うま》く褒め言葉を伝えられたようだ。

……珠希《たまき》ちゃんのおかげだな。

「さ、さあ――いきましょう」

「おう」

夕焼けの中、連れ立って出陣する俺たちに、

「いってらっしゃい、姉さま、おにぃちゃん」

「がんばってこいよ――っ」

妹たちが声援を送ってくれる。

振り向けば、瑠璃《るり》の両親までもが揃《そろ》って、俺たちに手を振っていた。

幸せな一時だった。きっとこんな日が、これからずっと続くのだろう――そう思うと、涙が出るほど胸が弾む。

俺たちは祭りで賑《にぎ》わう港へと向かった。

夜の海。そびえ立つポートタワーが、一際《ひときわ》目立つ場所だ。展望台から花火を見物するために、塔の麓に長い行列ができていた。

「――展望台は無理だな、こりゃ」

再び、妙な既視感があった。俺の心臓が、何かを警告するようにドキリと高鳴る。

海に面した芝生には、レジャーシートが幾つも敷かれ、カップルや親子連れがひしめいている。

適度に薄暗い空間は、恋人同士のデートにはうってつけだ。

俺たちは、ぶらぶらと歩きながら会話を交わす。

「出店があるぜ。――なにか、食べるか？」

「私はいいわ」

「そっか？　腹とか、減ってねぇの？」

「ええ……あっ」

そこで瑠璃《るり》が、何かに気付いたように立ち止まる。俺は、即座に言う。

「メルルのわたあめ、珠希《たまき》ちゃんに買っていってやろうぜ」

「京介《きょうすけ》、よく私が気にしたものが分かったわね。察しがよすぎないかしら？」

「愛する彼女のことだからな。ほら、行こうぜ」

「……もう」

自然と手をつないで、出店へと歩き出す。

それから俺たちは、メルルのわたあめを買って、すぐ隣の出店でマスケラのお面を買って、そのまま出店を巡っていった。

二人でヨーヨー釣りをやった。

射的屋で、珍しく俺が景品を当てて、彼女にプレゼントした。

ぼったくりのくじ引きで、へびのおもちゃが当たった。

瑠璃《るり》が型抜きに夢中になりかけていたので、正気に戻すのが大変だった。

そして——

海辺で寄り添い、再びふたりで花火を見上げる。

夜空と海とをキャンバスにして、色とりどりの炎が花を咲かせる。

「……綺麗《きれい》ね」

「……おう」

俺が言ったのは、花火に、ではなかった。

「もう、夏も終わりだな」

「そう、ね。夏休みも、幾日も残っていないわ」

きっと、いま、俺と彼女は、同じ気持ちでいる。

ばばばばばん——

盛大な連発で花火大会が締めくくられた。

しん、と、周囲が静まりかえる。

心地よい沈黙の時間が過ぎていき、やがて、となりで身じろぎをする気配がした。

振り向けば、瑠璃《るり》が俺を、紅《あか》い顔で見上げている。

「…………どうした？」

「…………………あのっ」

か細く、しかし必死な声。

「……この夏、私と過ごして……どうだった？」

莫迦《ばか》だな。まだそんな弱気なこと、言ってさ。

俺は夜空を振り仰ぎ、本心を口にする。

「何度でも言うぜ。――最高だった。おまえと過ごしたこの夏は、絶対忘れねえ」

「……ほんとう？」

「ああ。いままでよりも、ずっとおまえのことが好きになった」

「…………ありがとう、京介《きょうすけ》」

今夜もまたひとつ、思い出が増えた。とてつもなく綺麗《きれい》で、大切な宝物だ。

これがエロゲーだったなら、ハッピーエンドのスタッフロールが流れる場面だぜ。

いや、違うか。まだ、ちょっとだけ、早い。

ページの残り少なくなった〝運命の記述《デスティニー・レコード》〟。

そこに記された〝願い〟を、最後まで叶《かな》えないと。

次のページで、彼女は俺に、なにを願うのだろう。

待ちきれなくて、その場で問う。

「次は、どうするんだ？」

「――ええ、次は……」

瑠璃《るり》はうつむき、〝運命の記述《デスティニー・レコード》〟の書かれた紙片を取り出す。

そこで、間が空いた。いつもなら、得意げに、楽しそうに、俺への〝願い〟を見せてくるのに。

どうしたのだろう？

不穏な予感が脳裏をよぎる。

ぽつ、と、彼女の足下に、雫《しずく》が落ちる。

それが涙だと、俺が気付いた瞬間。

「これよ」

彼女は、最後の〝願い〟を見せてきた。

――京介《きょうすけ》と、別れる。

「……え」

〝願い〟の紙片が彼女の手から離れ、夜空を舞う。

「………………さよなら」

彼女は、一方的に別れを告げて、踵《きびす》を返《かえ》す。

高坂京介《こうさかきょうすけ》の下から去って行こうとする瑠璃《るり》。

俺は、茫然自失《ぼうぜんじしつ》のまま、見送るしか――

ダメだ！

自分自身の内なる声が、俺の脚を走らせた。

い、い、い、い、い、い、い、い。

ここで彼女を行かせてはならない。

妄執にも似た思いが、意識よりも先に俺を動かしていた。

ふらつきながら駆け去る瑠璃《るり》が、人混みに混ざる直前、その手を掴《つか》む。

瑠璃《るり》が振り向く。頬を伝う涙。

やっぱり泣いていた。泣かせたまま、傷ついている彼女と、離れてしまうところだった。

「……あっ、あの……」

大好きな女の子の、消え入りそうな声。俺を拒絶する声。

そう考えると、腕の力が萎えそうになる。

だけど俺は放さない。

決して。

「…………………」

彼女は、憂いを帯びた表情で顔を伏せる。

――いまの、冗談だよな？

――別れるって、どういうつもりなんだ？

――その涙は？　なにがあった？

聞くべきこと、言うべきことはいくらでもあった。

だけど、俺は、

「別れたくない。おまえが好きだから」

まず飛び出したのは、一方的で、自己中心的な願望だ。

振られかけている男の、よくある台詞《せりふ》。

かっこ悪い、だっせえ、見苦しい台詞《せりふ》。

分かってるさ！　けどなあ……！

俺には、見苦しいそいつらの気持ちが死ぬほどよく分かった。

だって、別れたくねえんだから。好きなんだから。冷静になんてなれねえし、相手の事情を聞く前に、気持ちを伝えずにはいられないんだ。

瑠璃《るり》の口がゆっくりと開く。

「……わっ………私は……あなたと別れなくちゃ……！　そ、そうっ……そうしないと……！」

まるで悲鳴だった。焦燥で、声は言葉になりきらない。

それでも分かった。絶対になにか事情があると。どうにかしてやらなくちゃならないと。

「くそっ……！」

どうすりゃいい！　俺は、泣いてしまった彼女に、なにを言ってやればいい！

考えろ！　なにかないか？　混乱している瑠璃《るり》を一発で落ち着かせて、事情を聞き出せるような切り札が！

そんな都合のいい代物が、あるはずも――……


――それ、あんたに渡しとく。


「瑠璃《るり》！」

あった。

「一緒に、見て欲しいものがある」

「えっ……？」

想定外の台詞《せりふ》だったからだろう。

彼女を満たしていた混乱が一瞬だけ、止まった。目を大きくして驚いている。

驚いているのは、俺も同じだ。むしろ俺の方が、よっぽど度肝を抜かれているだろう。

まさか、本当に、あいつが設定した『条件』を、満たすことがあるなんて。

俺がバッグから、急ぎ取り出したのは、〝運命の記述《デスティニー・レコード》〟のバインダーだ。

いまは、俺が預かっている番だったから。

夏休みの間、俺たちが実行してきた〝願い《ページ》〟の数々。その最後に、

桐乃《きりの》が書いた〝記述〟が、袋とじになって挟んである。

「……京介《きょうすけ》、これは――――」

袋とじの表には、こう書かれている。

――黒猫《くろねこ》が、あんたと別れるとか、意味分かんないこと言い出したら、ふたりで開けるよーに。

あまりにも、いまの状況に、当てはまりすぎている。

あいつは、瑠璃《るり》がこう言い出すだろうことを、俺に別れを切り出すであろうことを、分かっ

ていたとでもいうのだろうか？　この展開を、予想していたとでも？

ウソだろう？

こんな条件、絶対に満たせるわけねーだろって……。一生、桐乃《きりの》の書いた〝願い〟とやらを見ることはないんだろうって——なんなんだ、いったい。

俺には、なにが見えていなかったんだ？　俺は、なにを分かっていなかった？

分からないが、やるべきことはハッキリしている。

開封条件は満たされた。あいつが残した〝願い〟を、俺たちへの『お題』を——

ふたりで、読まなくてはならない。

あいつの〝願い〟は、短かった。

——これを読んでるってことは、超ヤバい状況なんでしょ？

——じゃ、よく聞いて。

——バカ兄貴へ。

——黒猫《くろねこ》が、なにを言っても絶対に引かないコト。

——あいつ、あんたのこと、超好きだから。あたしが保証するから。

——だからさ。

——ちゃんと悩みを聞き出して、解決してやって。
——あんたが、あたしに、してくれたみたいに。

——黒猫《くろねこ》へ。
——正直さあ、あんたがいま、なにを考えてんのか、なにに悩んじゃってんのか……。
——あたしには分かんない。
——そりゃそーでしょ。この手紙、いつ読まれるかも分かんないんだしさ。
——兄貴よりはマシだけど、あたしだって万能じゃないんだってば。
——だから、一言だけ、〝お願い〟しとく。

——あたしに免じて、仲直りするコト。

そして、最後に。

——あんたなら、『お義姉《ねえ》ちゃん』って呼んでやってもいいよ。

妹の、偉そうな笑顔が見えた。

得意げな声が聞こえた。

「…………………………………」

「…………………………………」

俺たちは、無言で、あいつからのメッセージを読み続けた。すべての文章を読み終えても、じっと紙面に目を落としたまま、動くことができなかった。

ふと気付けば、瑠璃《るり》が、震えていた。歯を食いしばり、呼気を乱し、涙を流していた。

いまのメッセージのどこに、彼女の感情をここまで揺さぶる要素があったのか。

分からないことが、とてつもない罪悪のように思えて、ずしりと押し潰されるような重さを感じる。

「……瑠璃《るり》？」

「……桐乃《きりの》は………」

きっ、と俺を睨《にら》む。そうして、俺が理解していなかったものを、ダイレクトに叩《たた》き込《こ》んだ。思いっきり、彼女らしからぬ大声で、

「桐乃《きりの》は、あなたのことが好きなのよ！」

「……なんだって？」

「高坂桐乃《こうさかきりの》は、高坂京介《こうさかきょうすけ》のことを、異性として、好きだったの！」

はっきりと、聞き間違いの余地なく、告げる。

「……そんなわけ」

「本気でそう主張するなら、軽蔑するわ」

嘘《うそ》を吐《つ》いている様子ではなかった。少なくとも、瑠璃《るり》自身にとっては、真実なのだろうことが、伝わってくる。

「……桐乃《きりの》が？　俺を？」

「そうよ。だから、私たちが付き合うことになって、あの子は深く傷ついてしまったの。だから、私たちから離れるために、もう一度海外へ──」

「──瑠璃《るり》」

「あなたは、『桐乃《きりの》の意思』で決めたことだ──そう言ったわね。でも、桐乃《きりの》がそう決断した原因は、私たちだったのよ……自分の好きな相手が、親しい友達と付き合っている状況が耐えられなくて……………私たちが交際しているから、桐乃《きりの》はいなくなってしまったの」

──『桐乃《きりの》が日本から離れると決めたこと』と！　『おふたりが付き合い始めたこと』が、無関係なわけないでしょうッ！

つじつまが、合ってしまう。

……あなたは、なんにも分かってません。


あやせの言うとおりだ。

俺は、なんにも分かっちゃいなかった。

胸から、熱いものがこみあげてきて、頬を濡《ぬ》らす。

「桐乃《きりの》が、そう言ったのか？」

「そんなわけないでしょう。あの子が、自分で、認めるわけがない。だけど分かるの。ずっと、親しく、していたのだから」

瑠璃《るり》は、唇を血が出るほどに強く嚙《か》む。

「……私は卑怯《ひきょう》者よ。あの子が日本からいなくなって……苦しくて、さみしくて、悔しくて。そっちがそのつもりなら、私が、あなたのお兄さんをもらってしまうわ——そんなふうに、ひどいことを、考えて……」

吐き出すような懺悔《ざんげ》は続く。

「桐乃《きりの》が帰ってきてからも、あなたとの関係を自慢して、見せびらかして……楽しんで……あの、あやせという女に言われるまで、気付きもしなかった。いいえ、気付いていないふりをしていた。桐乃《きりの》が傷ついて、悩んでいたというのに……私は、初めてできた彼氏との逢瀬《おうせ》に浮かれていたの」

「だから、俺と別れるって？」

「そうよ」

「なかったことにしようって？」

「そうよ」

「それで……ぜんぶ元通りになると思ってるのか？　桐乃《きりの》の傷ついた心が癒やされて、あいつが、留学を取りやめて、帰ってくるってのか？」

「………いいえ」

そう、そんなわけがない。

俺たちの交際は、あいつにとって、大きな決断の原因だったのかもしれない。

だけど、それだけで海外留学を決めたんだ——なんて言ったら、あいつに失礼だろう。

別れたから帰ってこい、なんて。言えるわけがねえ！

だから、俺たちが別れても意味は——いや、そういう話じゃねぇんだ。

これは、瑠璃《るり》が納得できるかどうか。自分自身を許せるかどうか。感情の問題だ。

そして、もうひとつ。俺のうぬぼれじゃなければ…………。

「おまえってバカだな」

「なっ……」

「俺は、ずっと、繰り返し言い続けてきたぜ。——おまえが好きだ、って」

「そうね。でも、桐乃《きりの》の気持ちを知ってなお、同じことを言ってくれるのかしら？」

「おまえが好きだ。桐乃《きりの》よりもな」

「……な」

間を置かず即座に返した。そうしなければならなかった。

白状しよう。俺は、シスコンだ。妹のことが大好きだ。大嫌いだと言い続けてきたが――そいつはまったく嘘《うそ》じゃねえが――大嫌いで、大好きだ！

半年前に同じ質問をされていたら、きっと迷ってしまっていただろう。即答できず、振られていたかもしれない。選べず、答えることすら、できなかったかもしれない。

そのくらいのバカ兄貴なんだよ、俺はなあ！

でも――でもな！　鼻声になった、切羽詰まった声で言う。

「色々あったよな、この半年」

「…………」

瑠璃《るり》は、返事をしなかった。けど、きっと俺と共に振り返っていたはずだ。

春から始まった、俺と黒猫《くろねこ》の物語を。

高坂京介《こうさかきょうすけ》と、五更瑠璃《ごこうるり》の物語を。

この夏の日々を。

「瑠璃《るり》が一番好きだ。嘘《うそ》じゃない」

「………京介《きょうすけ》」

「ほんとうだ」

先んじて言った。彼女はいつだって、自分を褒める言葉を、信じようとしないから。

「でも、」

卑下の台詞《せりふ》は言わせない。代わりに本音をぶちかます。

「おまえがおまえを嫌いでも、俺はおまえが好きだ！」

「え………っ」

段々と、気持ちがこもって、荒々しい声になっていく。

「中二病なところも、卑怯《ひきょう》なところも、ひとりで自己完結して、こっち置き去りでわけ分かんねーことする大馬鹿野郎なところも！　性格がひねくれてて、毎回毎回、クッソめんどくせぇところも——————！　悪いところもひっくるめて、おまえが好きなんだ！　愛しているんだ！　おまえが自分に自信が持てないってんなら、何度だって言ってやる！」

溢《あふ》れる想《おも》いを重ね、俺は、今夏最後の〝願い〟を告げる。

「おまえが好きだ！　だから、ずっと一緒にいてくれ！」

瑠璃《るり》は、なかなか返事をしてくれなかった。

すべてを出し切った俺は、その場でくずおれそうになり、堪え、彼女の目を見つめる。

一筋の涙が、白い頬を伝っていく。

そして——

「はい」

答えと共に、長いくちづけを交わす。
花火が終わり、夜空には星が瞬《またた》いていた。

■ore no imouto ga konnani kawaii wake ga nai ⑯
kuroneko if
エピローグ

そうして俺は、彼女と結ばれる。

少し不思議な、黒い少女。痛々しくも愛らしい、妹の友達。

出逢《であ》った頃、〝黒猫《くろねこ》〟だった彼女は――

いま、純白のドレスを着た〝高坂瑠璃《こうさかるり》〟として、俺の前に立っている。

そう。

あれから長い時が経《た》って――

今日は、俺たちの結婚式だ。

チャペルの天窓からは、爽やかな陽光が降り注ぎ、新郎新婦を照らしている。

「――綺麗《きれい》だ」

正直な気持ちを告げると、瑠璃《るり》は、付き合ったばかりの頃と変わらぬ恥じらいを見せる。

「……莫迦《ばか》、リハーサルで、さんざん見たでしょうに」

「本番だと、ぜんぜん違うよ。昔っから、おまえが新しい服を着てくるたび、俺は感動するけど――今日の瑠璃《るり》は、ほんとうに格別だ」

気を抜けば、涙が零《こぼ》れてしまいそう。

ったく――結婚式本番になって、こんなに感情が揺さぶられるとは思わなかったぜ。

入籍してから今日まで、慌ただしかったからな。今日だって、式の流れを覚えたり、家族でリハーサルしたりで、てんやわんやだったんだ。

恙《つつが》なく式を終えなければ――と。

それだけで頭がいっぱいになってしまって、余裕がなくて。

ついさっきまで、結婚式ってこんなもんかって、思ってたよ。

大間違いだったぜ。

こうして聖職者の前に立ち、新婦となった瑠璃《るり》を見つめていると、いままでの人生で一番ってくらいに感動する。あー、やべ、マジで泣きそう。

そんな俺の顔を見上げ、瑠璃《るり》は、ベール越しに微笑《ほほえ》む。

「泣いてもいいわよ？」

「おまえこそ」

くく、と、笑い返す。


――健やかなるときも、病めるときも、喜びのときも、

――悲しみのときも、富めるときも、貧しいときも、

――これを愛し、これを敬い、これを慰め、これを助け、

――その命ある限り、真心を尽くすことを誓いますか？


――誓います。

誓約が交わされる。指輪を交換し、結婚証明書へと署名を行う。
入籍日とはまた違う、ずしりと重い、実感が湧いた。
これで俺たちは、名実共に夫婦になったんだ、と。
二人でキャンドルに火を灯《とも》し、式は進んでいく。
そして――

俺は、新婦のベールを上げて、誓いのキスをした。

皆からの祝福の中、新郎新婦は式場を歩く。
行く道に、清浄な光と、フラワーシャワーが降り注ぐ。
両家の親たちが、泣いている。
瑠璃《るり》の妹たちが、はしゃいでいる。
麻奈実《まなみ》が微笑《ほほえ》み、見守ってくれている。
赤城《あかぎ》や三浦《みうら》社長、真壁《まかべ》くんに瀬菜《せな》――同窓の友人たち。

俺の同僚たち。瑠璃《るり》の仕事先——出版社の面々。
嬉《うれ》しそうな、素顔の沙織《さおり》。その隣には、あやせの姿も。
でもって、もちろん。
美しく成長した、桐乃《きりの》の姿もあった。
誰よりも俺たちの結婚を喜び、祝福してくれている。
俺も、瑠璃《るり》も、胸から想《おも》いがこみ上げてきて、もう限界だった。
笑いながら泣いていた。
このあと、記念写真を撮るってのにな。
だって、反則だろう。桐乃《きりの》のやつ……あんなこと言いやがって。

——おめでとう、親友。
——おめでとう、兄貴。
——有《あ》り難《がと》う、桐乃《きりの》。
——ありがとうよ。

呟《つぶや》いて。

俺は、瑠璃《るり》と並んで歩き続ける。
この先も、ずっと共に。

さらに、時は流れる。

DESTINY RECORD

犬槇島《いぬまきじま》への家族旅行から帰ってくると、我が家の玄関が靴で埋まっていた。

妻と娘ふたりを伴い、リビングに入ると、見慣れた顔ぶれがずらりと勢揃《せいぞろ》いしている。

「玄関に靴がいっぱいあるなと思ったら――どうしたんだ？」

「ちょーど都合よく、みんなが集まれそうだったからさ。呼んだの」

ソファから答えたのは、俺の妹――高坂桐乃《こうさかきりの》。

桐乃《きりの》は立ち上がり、こちらへと歩いてくる。

相変わらず、輝かんばかりの美貌だ。昔っからズバ抜けた外見をしちゃあいたが、もはや女神だな、こりゃ。見てくれだけなら――と、そう言えたのは昔の話。

いまのこいつは――っと、長々と話すようなことじゃねぇわな。

「ただいまーっ、桐乃《きりの》叔母ちゃん」

次女の悠璃《ゆうり》が、片手を挙げて挨拶する。

「おー、おかえり悠璃《ゆうり》。あとオバちゃんゆーな」

悠璃《ゆうり》は、桐乃《きりの》から荒っぽく頭を撫《な》でられ笑っている。

「璃乃《りの》も、おかえり」

一方、長女の璃乃《りの》は――

「…………」

桐乃《きりの》叔母ちゃんを完全無視の構え。

その様子を見て、瑠璃《るり》がくすくすと声を漏らす。

「あらあら、桐乃《きりの》——私たちの娘に、嫌われてしまっているようね？」

「はぁ？　璃乃《りの》は、むずかしーお年頃なだけだから。ほんとはあたしのこと大好きだから。ねー？」

「……ふんっ」

そっぽを向く璃乃《りの》。

「あれぇ～？　璃乃《りの》ちゃーん？　桐乃《きりの》おねーちゃんに冷たくなぁい～？」

甘ったるい声色で媚《こ》びるも、まったく相手にされていない。

この関係には、理由があって——桐乃《きりの》が昔、幼い璃乃《りの》にウザ絡《がら》みしまくったのが尾を引いているようなのだ。どうもそれだけじゃないような節もあるんだが……ちと分からんな。

「璃乃《りの》、無視はよくないぞ。ちゃんと挨拶しろ」

「……はぁい」

長女は気が乗らなそうな返事をしてから、不敵に腕を組んで桐乃《きりの》を睨《にら》む。

「ふっ、お久しぶりね、桐乃《きりの》叔母さま！」

「あんたもオバちゃん言いおってぇ。——久しぶり。あたし、しばらくは暇してるから、今度あそぼーね」

「厭《いや》！」

べーっとキバと舌を出した長女は、嫌いなオバちゃんから逃げるように、二階へと階段を駆け上っていく。

人が集まる場なんて御免だわ——という強い主張が、伝わってくる。

やれやれ……ったく、見た目は、昔の〝黒猫《くろねこ》〟そっくりなんだがな——。

当時の瑠璃《るり》と比べて、どうも子供っぽく感じるのは、自分の娘だからだろうか。

昔の誰かさんめいた我《わ》儘《まま》っぷりのせいだろうか。

そんなことを考えていると、悠璃《ゆうり》が桐乃《きりの》に、潑剌《はつらつ》とした声で話しかける。

「桐乃《きりの》さん、改めて……いままでお疲れ様でしたっ！」

「おう、ありがと！　うーん、いつも元気いーなー、悠璃《ゆうり》は。よきかな、よきかな」

そう。

つい最近、桐乃《きりの》は陸上選手を引退したばかりなのだった。

日本人の女子選手としてはトップレベルに活躍していたこいつは、ずば抜けた外見も相まって、いまやアイドル顔負けの人気者だ。

ＣＭとかにも出まくっている。っていうか、そこのテレビでちょうど流れてる。

スポーツドリンクのＣＭな。

俺よりずっと稼いでいて——俺よりずっとずっと輝いていて——それでも。

もう、ひがむことはない。

こいつがどれほど努力し、頑張ってきたのか……よく分かっているから。

唯々《ただただ》誇らしい。本心から、そう思えることも、誇らしい。

「思い出すわね」

瑠璃《るり》が、俺の内心を、そのまま口にした。それだけの台詞《せりふ》で、桐乃《きりの》は察したようで、

「あの夏を？」

「ええ。あなたが日本に帰ってきて、再び旅立っていったときのこと」

そうだな。

あの頃が、桐乃《きりの》にとっても、俺たちにとっても、ターニングポイントだったように思う。

「ふひひ、あんた、わざわざあたしのことを見送りにきてさ。笑っちゃった」

「……五月蠅《うるさ》いわね。呪うわよ」

きっと、わざと昔のような言い回しをしたのだろう。

数秒の沈黙。そこに、どれほど多くの意思疎通があったのか。

「……ふひひ」

「……っふ」

どちらからともなく、笑い出す。

ひとしきり笑い合ってから、桐乃《きりの》は、大きな身振りで部屋全体を示した。

「――ってわけで、今日は半分、あたしの引退パーティみたいな？　まー名目はなんでもよく

て、久しぶりにみんなで集まりたかっただけなんだけど！」

そこで眼鏡の女性が、飲み物を持ってキッチンから現れた。

「高坂《こうさか》せんぱいっ、お久しぶりです！」

「おう、瀬菜《せな》か——いらっしゃい」

真壁瀬菜《まかべせな》。旧姓、赤城瀬菜《あかぎせな》。

こいつは大学卒業後、三浦《みうら》部長が立ち上げたゲーム会社に就職し、その数年後、同僚の真壁《まかべ》くんと結婚した。

当時、浩平《こうへい》兄貴が荒れて荒れて大変だったのは、いまも昨日のように思い出せるぜ。

「楓くんは？」

「社長たちと上でゲームやってますよ。優秀な人材に、テストプレイをしてもらうんだ——って」

「そか」

もう、部長、ではない。

三浦紘之介《みうらげんのすけ》社長だ。正直、会社を作るって聞いたときは、どうなることかと思ったけど。

いまでは味わい深いゲームを作る会社として、多くのファンを獲得したらしい。

たまに社長の暴走で、とんでもないクソゲーを作ったりもするらしいが、俺としては、相変わらずで安心する。

俺は、天井を振り仰ぎ、

「あいつら迷惑掛けてなきゃいいけど」

「いえいえー、うちの子も一緒ですし、迷惑掛けてるとしたら、絶対こっちですんで。優秀な人材って言ったの、冗談でもないですからね」

「いま、うちのワガママ娘も上に行ったぞ」

「あー……」

なんとも言えない顔になる瀬菜《せな》。

我が家の長女が優秀なトラブルメーカーだということは、皆の共通認識なのであった。

「──そうだ、瑠璃《るり》ちゃん、『夏の銀色』……覚えてます？」

「忘れるわけがないでしょう」

『夏の銀色』。それは、あの夏、俺たちゲーム研究会が制作したノベルゲームだ。

「あのゲームが、私の人生を変えたのだから」

取材合宿を経て、同年の秋に完成したあの作品は、ネット上の小さなコンテストで賞を取ったんだ。特に評価されたのはシナリオで、瑠璃《るり》の書いたルートも含めて『秀逸だ』、と──

つまり、瑠璃《るり》が、初めて、まったくの他人から、自分の作品を『面白い』と言われたんだ。

部活中に大泣きしたことを思い出す。

瑠璃《るり》だけじゃなく、俺も、瀬菜《せな》も、部員たちまでもらい泣きしてさ。

ポテチと炭酸飲料で祝杯を上げたんだ。

『夏の銀色』は、いまも名作フリーゲームとして、ネットでときおり名を挙げられている。

「楽しかったよなあ――」

なにもかもが。

あの夏は、起きる出来事のすべてが熱くて、輝いていて、ときに危なっかしくて。

こっ恥ずかしい台詞《せりふ》だが。

青春していた。

「――はい。あたし、あれがきっかけで、いまの会社に入ったようなものですもん。あのゲームがなかったら、きっとあたしも、社長も、楓《かえで》くんも、瑠璃《るり》ちゃんも、まったく違う人生を送ってましたよね」

「違いない」

あの夏の成功体験は、部員たちの人生さえも変えてしまった。

『夏の銀色』を作らなければ、瑠璃《るり》が作家になることも、なかったかもしれない。

皆、多くの物を得た。一番でかいのを手に入れたのは、もちろん俺だろうがな。

しみじみしていると、悠璃《ゆうり》がとある人物を見つけ、

「槙島《まきしま》さん！　来てたの⁉　久しぶり～～～～～～～～～～っ！」

飛び跳ねる勢いで喜んだ。まるで大好きな家族と再会したかのように、抱きついていく。

その相手——槇島沙織《まきしまさおり》は、悠璃《ゆうり》を優しく抱き留めて、頭に触れる。

「悠璃《ゆうり》さん、先週会ったばかりではありませんか？」

かつて〝沙織《さおり》・バジーナ〟だった俺たちのリーダーは、麗《うるわ》しいお嬢様〝槇島沙織《まきしまさおり》〟として、現れることが多くなった。

——たまに、以前の姿を見せてくれることもあるけどな。

「いやぁ〜〜！　何故《なぜ》か、あたしの感覚的には、数年ぶりくらいの気持ちなんだよねぇ！　会いたかったよ〜〜〜〜〜〜！」

「ふふ、わたくしもですわ」

沙織《さおり》は何故《なぜ》か、うちの次女と仲がいい。

いや、違うな。正確にはこうだ。沙織《さおり》は、うちの家族全員と超仲がいい。

沙織《さおり》なら、子供たちにいい影響しか与えないだろうから、大歓迎だけどさ。

彼女は、悠璃《ゆうり》に抱きつかれたまま、困ったような顔で俺たちを見る。

「——お帰りなさい」

「ああ」「ただいま」

自然なやり取り。沙織《さおり》は俺たちにとって、家族同然の存在だから。

「ねぇ……あのさぁ……あたしも、いまの沙織《さおり》みたいな立ち位置で、子供たちと接したいんですケド？　久しぶりって歓迎されて、愛のあるハグとかされたいんですケド？」

沙織《さおり》以下の存在が、なんか言ってるな。

「あなた、忙しくて、めったにうちに来なかったじゃない」

「来たら来たでウザ絡《がら》みするし、顔舐《な》めたりするし、子供たちから好かれる要素ないだろ？」

「ぐぬぅ……お土産はいつも奮発していたのに……ッ！」

お土産で相殺《そうさい》できるレベルじゃないんだよなあ。

「お袋たちは？」

「四人で買い物に行ったよー」

答えてくれたのは、日向《ひなた》ちゃんだ。

昔、思った通り、成長したらお母さんそっくりになったな。

相変わらず愛嬌《あいきょう》のある笑顔は、場のムードを明るくしてくれる。

四人ってのは、うちの両親と、瑠璃《るり》の両親の四人ってことだろう。

いまの高坂《こうさか》家は、俺と瑠璃《るり》の夫婦に加え、長女と次女の双子、少し歳《とし》が離れて長男と三女という家族構成。

大人になって、結婚して、子供ができて、家を建てて、親元から独立して。

俺、ちっとは成長したんだろうか？

子供たちから見て――ちゃんと親、やれてるんだろうか？

分からねえや。俺と桐乃《きりの》を育ててくれた親の偉大さが、いまになって重い。

うちは親同士――特に、母親同士の関係が良好で、よく一緒に行動している。

父親ふたりは、お互いどう接したらいいか分からない様子で、いまでこそ普通に話すが、結婚してからしばらくは、気まずそうにしていたっけ。

「しかし今日、人多いな。自慢のリビングとはいえ、全員揃《そろ》ったら、かなり狭くなりそうだぜ」

「あとであやせも来るから」

「まだ人数増えるのかよ」

スペースの心配をする俺に、

「お義兄《にい》さん」

和装の女性が、ソファから立ち上がり、声を掛けてくる。

誰あろう、瑠璃《るり》の下の妹――珠希《たまき》ちゃんだ。

髪型は大きく変わらず、姉とよく似た怜悧《れいり》な面差し。ぞくりとするような美女に成長している。

「珠希《たまき》ちゃんまで。結構久しぶりじゃないか？　いつぶりだ？」

「五月にあった、家庭訪問以来ですね」

家庭訪問。

そう。いまの彼女は、小学校の教員で――高坂《こうさか》家の長男の、担任の先生なのだった。

こんなに可愛《かわい》い先生に教えてもらえるなんて、生徒たちが羨ましくなるな。で。彼女の言うとおり、春に家庭訪問があったんだが。

「あのときは、色々すまなかったな」

「いえ、そんな。わたしこそ、いたらない担任で……申し訳ありません」

当時、うちの長男が、学校で問題を起こした、ということがあったのだ。

もったいぶらずにぶっちゃけるけど、中二病的な言動がひどくて、クラスで孤立してしまっているという……どっかで聞いたような話だった。

なにせ〝黒猫《くろねこ》〟の息子だものな——なんて言っている場合でもない。

息子がクラスで孤立しているって問題は、まだ解決しちゃいないんだから。

最近、またしても反抗期なのか、俺の言うことをちっとも聞いてくれないし、璃乃《りの》は弟の問題を暴力で解決しようとするし、珍しく悠璃《ゆうり》が姉の暴走を止めようとしないし。

対処《たいしょ》はしたが、根本的な解決には至っていない。

そんな状況。

「大丈夫よ」

息子の気持ちをもっとも理解しているであろう瑠璃《るり》だけが、そう主張していた。

「あの子には、心強い味方が、たくさんいるのだから。それに——」

妻は言う。

「『私にとってのあなた』が、きっと、あの子にも現れるわ」

「……だといーけどな」

見つめ合う俺たちに、桐乃《きりの》から、急《せ》かすような声が掛かる。

「そこのラブラブ夫婦！　いつまでイチャついてんの!?　いまから面白映像流すとこなんだから、早く座りなって！」

「へいへい、わーったよ」

「いま行くわ」

夫婦揃《そろ》って、テレビの前でなにやら操作している桐乃《きりの》の下へと向かう。

「面白映像ってなんだよ？」

「たまちゃんが〝二代目黒猫《くろねこ》〟だったときの黒歴史動画」

「きゃあああああ————ッ！　や、やめてください桐乃《きりの》さん！」

大声を出す珠希《たまき》ちゃん。顔は、りんごみたいに真っ赤っかだ。

「な、ななな、なんですかそのおぞましい企画！　聞いてないですよ、そんなの！」

「言ってないもん。そんなに嫌がることなくない？　当時のたまちゃん、可愛《かわい》かったのに」

「絶対イヤです！　心が死にます！　その映像を流したら、二度と口を利きませんからね！」

「……ごめんキリ姉、やめてあげて。マジでそれ、珠希《たまき》の急所だから。担当クラスのガキどもに〝たまきん先生〟ってあだ名付けられたときより苦しむから」

「お姉ちゃんも余計なこと言わないで！」

「んー、ひなちゃんが言うならやめとこう」

黒い和装に身を包んだ中二病少女〝二代目黒猫《くろねこ》〟の映像がリビングに流れる事態が未然に防がれ、珠希《たまき》ちゃんは「ほっ……」と胸を撫《な》で下《お》ろしている。

俺は、疑問を妹に投げてみた。

「おまえ、そんなお宝映像どっから見つけてきたんだ？」

「今日のパーティで使おうと思って、ビデオカメラ引っ張り出したらさ、そこに入ってたの」

そう言って、桐乃《きりの》は小型ビデオカメラを構えてみせる。録画ボタンを押して、まずは自分で自分を撮影しはじめやがった。

「高坂桐乃《こうさかきりの》です！　いまの気持ちを、ビデオに残そうと思いまっす！　あの夏——陸上に本気で取り組むって決めて、本気で頑張ってきて——ようやく一区切り！　いま！　あたしは！　人生になんの悔いもない！　——やり遂げたぞ！　って、思う。——まだまだ終わりじゃないぞ！　って、思う。——これからも、みんな見てろよ～、って気持ち！　未来のあたしが、このビデオを見て、『いまの気持ち』を思い出してくれたら嬉《うれ》しい！」

桐乃《きりの》はそこまで一息に喋《しゃべ》って、自撮りしていたカメラの向きを、くるりと反転させる。

撮影しているのは、瑠璃《るり》の顔だ。

「あんたはどう？」

「えっ？」

「いまの気持ち！」

急にカメラを向けられて、きょとんとしていた瑠璃《るり》は、

「……そうね」

すぐに笑顔になって、はっきりと答える。


「幸せよ。素敵な家族と一緒に居られて」

「なら、よかった」


子供の頃に交わした約束が、ようやく果たされた。

あれから長い時が経《た》って、季節は巡り、だけど桐乃《きりの》と黒猫《くろねこ》は、いまも共にある。

「お父さん！　あたしもお姉ちゃんたちのとこ行ってくるね！」

「おう、社長たちに迷惑掛けてたら、止めてやってくれ」

はぁい、と。

俺と瑠璃《るり》の子供が、駆け出した。

なんでもない日常を、万感の想《おも》いで見送る。

願わくは、あいつらにも——

俺たちに負けない、奇跡のような物語がありますように。

難易度、ナイトメアハード。

漆黒のコントローラーを操作し、数多《あまた》の敵機を撃墜。

驟雨《しゅうう》のごとく襲い来る敵弾を、余裕をもって回避していく。

被弾は零。ステージクリア、ハイスコアを更新。

乱暴な手つきでVRヘッドセットを外すと、僕の視界は、戦闘機のコックピットから自室へと帰還する。

「感想は？」

「ぜんぜんダメだね。難易度が高すぎる」

「パーフェクトクリアしたじゃねえか」

「カジュアルユーザーは、デフォルト難易度でも苦戦すると思う。敵に死角から撃たせるのやめたほうがいいよ」

「ほら！　やっぱり！　言われてますよ社長！」

「ぐぬっ……し、しかしだな。STG《シューティング》つったら、多少の初見殺《しょけんごろ》しは入れるのが浪漫《ロマン》っつーか……様式美っつーか……一発でクリアされたら悔しいだろォ？」

「そういう考えは捨ててくださいって、何度も言いましたよね⁉」

いい歳《とし》こいた大人たちが、子供みたいに喧嘩《けんか》している。

そんな彼らを、学校の連中なんかよりも、ずっと親しく思う。

ふ、と、笑みを浮かべた僕の頭を、何者かが後方から鷲掴《わしづか》みにした。

「いだっ……なに⁉」

声を荒げて振り向くと、赤毛の少女が豪快な笑みで僕を見ている。

「へーい！　テストプレイ終わったんでしょ？　外で遊ぼうぜい！」

「厭《いや》だよ。ひとりで行けば？」

思い切り迷惑そうに言ってやるが、やつはまったくへこたれない。

変則アイアンクローを解除してもくれない。

「あんた、ずーっと部屋にこもりっきりじゃん！　男のくせに、ひょろい腕しちゃってさあ！

将来うちのパパみたいになっちゃうよ？」

「本人ここにいますけど！」

「パパ、うるさい。ほーら、きょうちゃん、サッカーしよう！　別に運動嫌いじゃないでしょ？　前は一緒にクラブ入ってたじゃん」

腕を引っ張られる。腕力では勝てないから、抵抗しても無駄だろう。

無言でなすがままになっていると、部屋の扉が勢いよく開き、より厄介なやつが登場した。

「──私の暇つぶし道具を、連れて行かないでくれるかしら？」

「うげ！　帰ってきた！」

「……姉さん、おかえり」

「ククク……ただいま！　──さあ、前回途中だった勝負の続きよ！」

姉さんは、慣れた手つきでゲーム機を起動する。自分の要求は絶対に通すわ！　おまえの予定なんか知らないわ──という確固たる意思が、あらゆる仕草から伝わってくる。

逆らってはならない暴君。上の姉は、そういうやつだ。

僕と趣味や属性が合うのが、不幸中の幸い。いま着ている漆黒のタンクトップや、ハーフパンツも、この姉がくれたものだった。秘密だが……クールな立ち居振る舞いも、見習っている。

「ちょっと！　勝手に決めないでよ！　こいつは、あたしと外で遊ぶんだから！」

「っふ！　帰りなさい……これより此処《ここ》は、〝超越者〟の宴《うたげ》！　あなたのような〝一般人〟には、立ち入れぬ領域なのだから！」

「がー、まーた始まったし！　痛い趣味に弟を巻き込むなっての！　ひとりでやってろばーか！」

思いっきり舌を出して、嘲弄する。ぶち、と、姉の額に血管が浮き上がった。

「いい度胸ね！」

闇の暴君VSメスゴリラの対戦カードが、いまにも始まろうとしていた。

そこに──

「はい、そこまでーっ！」

下の姉が現れて、いかにも簡単そうにバトルを仲裁してしまう。

常に笑顔を絶やすことのないこの姉が、僕は、とてつもなく苦手だった。

いうなればこの人は、〝光の眷属《けんぞく》〟だ。〝闇の眷属《けんぞく》〟たる僕とは相容《あいい》れぬ存在なのだ。

「まったくもー、りー姉ってば、小学生と本気で喧嘩《けんか》するの、さすがにどうかと思うよ？」

「本気？　莫迦《ばか》なことを。〝神〟たる私にとって、小学生女子など塵芥《ちりあくた》も同然。からかっていただけよ。――さあ、きょーま！　お姉ちゃんと遊びましょう！」

「いやいや、きょーちゃんは、このあたし、悠璃《ゆうり》お姉ちゃんと遊ぶことになってるからね。ふたりには悪いけど、遠慮してもらえるとありがたいかなー。――てわけで、弟よっ、お姉ちゃんとデートっぽいことしよう♡」

超うぜー。

他に感想がない。

かつて同級生が、美人の姉がいて羨ましいなどと言っていたが――とんでもない莫迦《ばか》だ。

唯々《ただただ》、うざい。ひたすら、うざい。とにかく、うざい。邪魔っ気で消えて欲しい。

弟にとって姉というのは、そういう存在なんだろう。

全力で拒否の言葉を吐き出そうとして――

「……ふぁ」

妹が、目を覚ました。

兄妹《きょうだい》お揃《そろ》いの、真っ黒な髪。

日に焼けた僕とは違う、真っ白な肌。膝の上には、小さな黒猫《くろねこ》が二匹、丸まっている。

今年で七歳になる、この家で唯一、僕よりも年下の――か弱い存在。

僕は、こいつと、テストプレイが終わったら遊ぼうと約束していて……。

……待ち疲れて、猫たちと一緒に、眠ってしまったのだろう。

「ふぁぁ～～～～～」

そんな妹は、バカ姉たちが騒いだせいで、目を覚ましてしまったらしい。

大きなあくびを長くしてから、

「……お兄ちゃん、おしごと、終わった？」

「……あ、ああ……たったいま」

「じゃあ、あそぼ」

「――――――――」

どうしてだろう。

こいつに対してだけは、ひねくれた言葉が思い浮かばない。

この目に見つめられると、なにひとつ嘘《うそ》が吐《つ》けなくなる。

だから僕は、いつだってこう言うんだ。

「やれやれ、しょうがないな」

「みんなで遊ぼう」

「うんっ」

名乗るのが遅れたようだ。
僕は高坂京真《こうさかきょうま》。闇の眷属《けんぞく》〝黒猫《くろねこ》〟の血と魂を継ぎし者。
世俗の軛《くびき》から逃れ、己が領域に引き籠もりし存在也《なり》。
近況報告――
両親に反抗したい。叔母のことはよく知らないが、優しくて嫌いじゃない。
先生をいじめる同級生どもは低脳。幼馴染《おさななじ》みはゴリラ。
ふたりの姉と別居したい。

——妹は、可愛《かわい》い。

あとがき

伏見《ふしみ》つかさです。『俺の妹がこんなに可愛いわけがない⑯ 黒猫《くろねこ》if下』を手に取っていただきまして、ありがとうございました。

黒猫《くろねこ》がとことん幸せになる話にしよう。そんな想いで書き上げました。

楽しんでいただけたなら、嬉しいです。


あやせifのコミカライズが、本書と同日発売となっております。

原作者のひいき目抜きに、素晴らしい漫画作品にしていただきました。

ぜひ、読んでみてくださいね。

二〇二一年一月　伏見《ふしみ》つかさ

電撃文庫
伏見つかさ
ore no imouto ga konnani kawaii wake ga nai
俺の妹がこんなに可愛いわけがない
①～⑯巻
大好評発売中！
著／伏見つかさ イラスト／かんざきひろ
黒猫ifコミカライズ決定！
作画は森あいり担当！
連載開始については、決まり次第
電撃文庫Twitter(@bunko_dengeki)などで
発表しますのでお楽しみに！
電撃コミックス
コミック版
俺の妹がこんなに
可愛いわけがない
全4巻発売中
作画／いけださくら
原作／伏見つかさ
キャラクターデザイン／かんざきひろ
電撃コミックス
黒猫が主人公のスピンオフ
俺の後輩がこんなに
可愛いわけがない
全6巻発売中
作画／いけださくら
原作／伏見つかさ
キャラクターデザイン／かんざきひろ
Kadokawa Comics A
コミック版
俺の妹がこんなに
可愛いわけがない
あやせif
全①巻発売中
作画／渡会けいじ 原作／伏見つかさ
キャラクターデザイン／かんざきひろ
「少年エースplus」にて連載中！

◉伏見つかさ著作リスト

「十三番目のアリス①〜④」（電撃文庫）
「俺の妹がこんなに可愛いわけがない」（同）
「俺の妹がこんなに可愛いわけがない②」（同）
「俺の妹がこんなに可愛いわけがない③」（同）
「俺の妹がこんなに可愛いわけがない④」（同）
「俺の妹がこんなに可愛いわけがない⑤」（同）
「俺の妹がこんなに可愛いわけがない⑥」（同）
「俺の妹がこんなに可愛いわけがない⑦」（同）
「俺の妹がこんなに可愛いわけがない⑧」（同）
「俺の妹がこんなに可愛いわけがない⑨」（同）
「俺の妹がこんなに可愛いわけがない⑩」（同）
「俺の妹がこんなに可愛いわけがない⑪」（同）
「俺の妹がこんなに可愛いわけがない⑫」（同）
「俺の妹がこんなに可愛いわけがない⑬ あやせif 上」（同）
「俺の妹がこんなに可愛いわけがない⑭ あやせif 下」（同）

「俺の妹がこんなに可愛いわけがない⑮　黒猫if　上」（同）
「俺の妹がこんなに可愛いわけがない⑯　黒猫if　下」（同）
「ねこシス」（同）
「エロマンガ先生　妹と開かずの間」（同）
「エロマンガ先生②　妹と世界で一番面白い小説」（同）
「エロマンガ先生③　妹と妖精の島」（同）
「エロマンガ先生④　エロマンガ先生VSエロマンガ先生G」（同）
「エロマンガ先生⑤　和泉紗霧の初登校」（同）
「エロマンガ先生⑥　山田エルフちゃんと結婚すべき十の理由」（同）
「エロマンガ先生⑦　アニメで始まる同棲生活」（同）
「エロマンガ先生⑧　和泉マサムネの休日」（同）
「エロマンガ先生⑨　紗霧の新婚生活」（同）
「エロマンガ先生⑩　千寿ムラマサと恋の文化祭」（同）
「エロマンガ先生⑪　妹たちのパジャマパーティ」（同）
「エロマンガ先生⑫　山田エルフちゃん逆転勝利の巻」（同）
「名探偵失格な彼女」（VA文庫）

本書に対するご意見、ご感想をお寄せください。

ファンレターあて先
〒 102-8177　東京都千代田区富士見 2-13-3
電撃文庫編集部
「伏見つかさ先生」係
「かんざきひろ先生」係

本書は書き下ろしです。

電撃文庫

俺《おれ》の妹《いもうと》がこんなに可愛《かわい》いわけがない⑯
黒猫《くろねこ》if　下《げ》

伏見《ふしみ》つかさ

2021年3月10日　初版発行

発行者　青柳昌行
発行　株式会社KADOKAWA
〒102-8177　東京都千代田区富士見2-13-3
0570-002-301（ナビダイヤル）
装丁者　荻窪裕司（META＋MANIERA）
印刷　株式会社暁印刷
製本　株式会社暁印刷

ISBN978-4-04-913436-0　C0193　Printed in Japan

電撃文庫　https://dengekibunko.jp/

電撃文庫創刊に際して

文庫は、我が国にとどまらず、世界の書籍の流れのなかで〝小さな巨人〟としての地位を築いてきた。古今東西の名著を、廉価で手に入りやすい形で提供してきたからこそ、人は文庫を自分の師として、また青春の想い出として、語りついできたのである。

その源を、文化的にはドイツのレクラム文庫に求めるにせよ、規模の上でイギリスのペンギンブックスに求めるにせよ、いま文庫は知識人の層の多様化に従って、ますますその意義を大きくしていると言ってよい。

文庫出版の意味するものは、激動の現代のみならず将来にわたって、大きくなることはあっても、小さくなることはないだろう。

「電撃文庫」は、そのように多様化した対象に応え、歴史に耐えうる作品を収録するのはもちろん、新しい世紀を迎えるにあたって、既成の枠をこえる新鮮で強烈なアイ・オープナーたりたい。

その特異さ故に、この存在は、かつて文庫がはじめて出版世界に登場したときと、同じ戸惑いを読書人に与えるかもしれない。

しかし、〈Changing Times,Changing Publishing〉時代は変わって、出版も変わる。時を重ねるなかで、精神の糧として、心の一隅を占めるものとして、次なる文化の担い手の若者たちに確かな評価を得られると信じて、ここに「電撃文庫」を出版する。

1993年6月10日
角川歴彦

電撃文庫DIGEST　3月の新刊

発売日2021年3月10日

第27回電撃大賞《大賞》受賞作

ユア・フォルマ
電索官エチカと機械仕掛けの相棒

【著】菊石まれほ　【イラスト】野崎つばた

天才捜査官エチカの新しい相棒は、ヒト型ロボットのハロルド。機械のくせに馴れ馴れしい彼に苛立つエチカ。でも捜査の相性だけは……抜群だった。最強の凸凹バディが凶悪電子犯罪に挑む、SFクライムドラマ開幕！

第27回電撃大賞《金賞》受賞作

ギルドの受付嬢ですが、残業は嫌なのでボスをソロ討伐しようと思います

【著】香坂マト　【イラスト】がおう

ギルドの受付嬢・アリナを待っていたのは残業地獄だった!? 全てはダンジョン攻略が進まないせい…なら自分でボスを倒せばいいじゃない！　残業回避・定時死守、圧倒的な力で(自分の)平穏を守る異世界コメディ！

第27回電撃大賞《銀賞》受賞作

忘却の楽園I
アルセノン覚醒

【著】土屋 瀧　【イラスト】きのこ姫

武器、科学、宗教、全てを捨てた忘却の楽園〈リーン〉。少年・アルムは、体に旧世界の毒〈アルセノン〉を宿した囚われの少女・フローライトと出会う。二人を巡り交錯する思惑は欺瞞の平和に"変革"をもたらす——。

第27回電撃大賞《銀賞》受賞作

インフルエンス・インシデント
Case:01 男の娘配信者・神村まゆの場合

【著】駿馬 京　【イラスト】竹花ノート

現代メディアを研究する才媛・白鷺玲華と助手・姉崎ひまりのもとに男子高校生・中村真雪が助けを求めに来る。実は彼はネットで活躍するインフルエンサーで——。SNSと現実がリンクする様々な事件に立ち向かえ！

ソードアート・オンライン プログレッシブ7

【著】川原 礫　【イラスト】abec

第七層でキリトを待ち受けていたのはカジノ、そしてかつて全財産を失った《モンスター闘技場》だった。闘技場に仕掛けられた不正行為を探るキリトとアスナは、思いがけずカジノの暗部へと足を踏み入れていく——。

俺の妹がこんなに可愛いわけがない⑯
黒猫if　下

【著】伏見つかさ　【イラスト】かんざきひろ

「"運命の記述"……いっちょ俺にも書かせてくれよ」恋人同士になった京介と黒猫。二人の運命はさらに大きく変わっていく。完全書き下ろし黒猫ifルート、完結！

錆喰いビスコ7
瞬火剣・猫の爪

【著】瘤久保慎司　【イラスト】赤岸K
【世界観イラスト】mocha

忌浜では人間が次々と猫化する事件が発生。事態を収拾するべくビスコとミロがたどり着いたのは——猫侍たちが治める猫摩国！　猫将軍・羊羹とともに元凶の邪仙猫に挑むが、その肉球が掴むのは黒革に向けて放った超信矢で!?

新説　狼と香辛料
狼と羊皮紙VI

【著】支倉凍砂　【イラスト】文倉 十

コルと2人だけの騎士団を結成したミューリは、騎士という肩書きに夢中になっていた。そこにハイランドから、新大陸を目指しているという老領主の調査を頼まれる。彼には悪魔と取引しているという不穏な噂があって!?

神角技巧と11人の破壊者
下　想いの章

【著】鎌池和馬　【イラスト】田畑壽之
【キャラクターデザイン】はいむらきよたか、田畑壽之

破壊と創造。絶対無比の力を得た少年の物語もいよいよ佳境に。神角技巧を継承することで得た力と、過酷な旅をともに乗り越えることで得た仲間との絆。その全てを賭して少年は『11人目』との最後の戦いに挑む——！

ちっちゃくてかわいい先輩が大好きなので一日三回照れさせたい3

【著】五十嵐雄策　【イラスト】はねこと

花梨の中学生の妹に勉強を教えることになった龍之介。きっと中学時代の先輩のような感じなのだろう！　と快諾して先輩の自宅へ向かうと、現れたのは花梨と真逆でグイグイ迫ってくる、からかい好きな美少女JCで!?

ヒロインレースはもうやめませんか?②
～新ヒロイン排除同盟～

【著】旭 蓑雄　【イラスト】Ixy

「俺、ちっちゃい頃に将来結婚するって約束した人がいるんだ」鍊太郎の突然の爆弾発言に、争いを続けていたむつきとしおりと萌絵は新ヒロインの参入を阻止するため一時休戦！　3人でヒロイン追加を絶対阻止だ！

応募総数 4,355作品の頂点!
第27回電撃小説大賞受賞作 発売中!

第27回 電撃小説大賞 **大賞** 受賞

『ユア・フォルマ 電索官エチカと機械仕掛けの相棒』

著/菊石まれほ　イラスト/野崎つばた

天才捜査官エチカの新しい相棒は、ヒト型ロボットのハロルド。機械のくせに馴れ馴れしい彼に苛立つエチカ。でも捜査の相性だけは……抜群だった。最強の凸凹バディが凶悪電子犯罪に挑む、SFクライムドラマ開幕!

第27回 電撃小説大賞 **金賞** 受賞

『ギルドの受付嬢ですが、残業は嫌なのでボスをソロ討伐しようと思います』

著/香坂マト　イラスト/がおう

ギルドの受付嬢・アリナを待っていたのは残業地獄だった!?　全てはダンジョン攻略が進まないせい…なら自分でボスを倒せばいいじゃない!　残業回避・定時死守、圧倒的な力で(自分の)平穏を守る異世界コメディ!

第27回 電撃小説大賞 **銀賞** 受賞

『忘却の楽園Ⅰ アルセノン覚醒』

著/土屋 瀧　イラスト/きのこ姫

武器、科学、宗教、全てを捨てた忘却の楽園〈リーン〉。少年・アルムは、体に旧世界の毒〈アルセノン〉を宿した囚われの少女・フローライトと出会う。二人を巡り交錯する思惑は欺瞞の平和に“変革”をもたらす——。

第27回 電撃小説大賞 **銀賞** 受賞

『インフルエンス・インシデント Case:01 男の娘配信者・神村まゆの場合』

著/駿馬 京　イラスト/竹花ノート

現代メディアを研究する才媛・白鷺玲華と助手・姉崎ひまりのもとに男子高校生・中村真雪が助けを求めに来る。実は彼はネットで活躍するインフルエンサーで——。SNSと現実がリンクする様々な事件に立ち向かえ!

第27回電撃小説大賞 受賞作特設サイト　http://dengekitaisho.jp/special/27/

おとなりさんと過ごす理想の
半同棲生活。
となりの彼女と
夜ふかしごはん
~腹ペコJDとお疲れサラリーマンの半同棲生活~
Kazami Sawatari
猿渡かざみ
illust. クロがねや
腹ペコJDと"優勝ごはん"が彩る
深夜の食卓ラブコメ!
「深夜に揚げ物は犯罪なんですよ!」→「こんなに美味しいなんて優勝ですぅ…」
即堕ちしまくり腹ペコJDとの半同棲生活。食卓を囲うだけだった二人の距離は、
少しずつ近づいて?　深夜の食卓ラブコメ、召し上がれ!
電撃文庫

隣のクーデレラを甘やかしたら、
ウチの合鍵を渡すことになった
（著）雪仁
（イラスト）かがちさく
「夏臣のからあげ大好きだから
すっごく楽しみ」
微妙な距離の二人が出会い、
時に甘々で少しじれったくなる日々が
始まる——
電撃文庫

二月 公
イラスト／さばみぞれ
声優ラジオのウラオモテ
#01 夕陽とやすみは隠しきれない？
オモテは元気＆清楚なアイドル声優／
ウラはギャル＆根暗地味子な女子高生!?
プロ根性で世界をダマせ！
バレたらアウトの声優ラジオ
Now On Air!!
第26回
電撃小説大賞
大賞
受賞
電撃文庫

豚になった俺が、異世界で美少女といちゃラブ(!?)するファンタジー

逆井卓馬
Author: TAKUMA SAKAI

［イラスト］遠坂あさぎ
Illustrator: ASAGI TOHSAKA

豚のレバーは加熱しろ

Heat the pig liver

the story of a man turned into a pig.

純真な美少女にお世話される生活。う〜ん豚でいるのも悪くないな。だがどうやら彼女は常に命を狙われる危険な宿命を負っているらしい。

よろしい、魔法もスキルもないけれど、俺がジェスを救ってやる。運命を共にする俺たちのブヒブヒな大冒険が始まる！

電撃文庫